南游记

胡竹峰 著

长江出版传媒 | 长江文艺出版社

图书在版编目（CIP）数据

南游记 / 胡竹峰著. -- 武汉：长江文艺出版社，
2023.5
  ISBN 978-7-5702-2763-1

  Ⅰ.①南… Ⅱ.①胡… Ⅲ.①散文集－中国－当代
Ⅳ.①I267

  中国版本图书馆 CIP 数据核字(2022)第 112583 号

南游记
NANYOUJI

责任编辑：周　聪　　　　　　　　　责任校对：毛季慧
封面设计：肖睿子　　　　　　　　　责任印制：邱　莉　　王光兴

出版：长江出版传媒｜长江文艺出版社
地址：武汉市雄楚大街 268 号　　　　邮编：430070
发行：长江文艺出版社
http://www.cjlap.com
印刷：湖北新华印务有限公司

开本：787 毫米×1092 毫米　　　1/32　印张：8.75　　插页：20 页
版次：2023 年 5 月第 1 版　　　　2023 年 5 月第 1 次印刷
字数：130 千字

定价：58.00 元

游记

古人推崇读万卷书行万里路。从前慢，车、马、人都慢，读万卷书难，行万里路更难。先贤才说读万卷书，不如行万里路。路上多烟霞之气，纸页以此铺染，书香里会多些欣欣生机。鸟迹虫痕花影亦有学得处，更有清风雨露洗去胸中尘浊，自然丘壑内营，随手写去，皆为山水传神。

明朝时，江阴有一徐姓巨富，高隐好义，性喜萧散，耽于园亭水木，常常带着三五家童，乘舟坐轿骑马，流连湖光山色，品评甘泉新茗，悠然自得。凡有达官贵人来访，则躲进丛竹，扁舟入太湖，飘然遁矣。富户生子三人，次子心性随他，少年时好搜罗奇书,尤其喜欢堪舆地理方志之类,悄悄藏在经书下,偷读为乐,稍长,也喜欢出游,朝霞出而晚霞归,说丈夫志在四方,不能束缚一隅之地,当朝碧海而暮苍梧。那人生来异相,绿睛炯炯,有大名士见其眉宇烟霞气萦绕,称他为徐霞客。

二十二岁那年,徐霞客戴上母亲缝制的远游冠,离乡远行。自此足迹千里,心系一文,纳山河大地于笔墨纸砚中,录人文地理,风土民情兼及草木虫鱼,积三十余年,得六十万言,是为《徐霞客游记》。有明一朝,小品盛行,公安、临川、竟陵……徐霞客风神气度高出时人数尺,一笔横扫千军,独行于荒野大泽,文章有山石的嶙峋,也有流水的清润,通了汉唐风骨,也可谓之无韵离骚、诗家绝唱。

喜欢古人游记。《水经注》俏丽惊险,不独是地理志,其中华章灿烂,更有绝妙好辞。郦道元笔谈水道流向,记中国山川名胜及其历史沿革,博取众书以证,民俗风情、历史、神话、歌谚依水引出,文简意美,韵味悠长。《永州八记》上承魏晋风度,下启明清小品。

柳宗元将身世之感入了山水草木情思，得屈子楚辞血脉，哀怨之词丰饶多姿，或蜿蜒清丽或沉郁深刻，如龙马跃涧，筋骨毫发间都是曲张变化也有精神纵横。地方志、风俗谈不论，行旅书写大抵不离博物求异与言志抒情两类。郦道元有注经之志，柳宗元是小品之心，明清不少人则见碑帖性情。今时读来，是纸上游，更见了先贤心相。

陶弘景沉醉楠溪江奇山异水，苏轼痴迷承天寺月光，张宗子湖心亭看雪。斯人有幸，得目睹山水奇观。山水有幸，得一知己千古斯文矣。明清人记游成风，或许缘由在此。

人生快意事，读书晤先贤之学而登明堂，悦然处入古入神。人生快意事，问道名山大川，心凝形释，融于自然，与万物合，有天有地有古有今有我，无天无地无古无今无我。

少年时，读完《西游记》又读《封神演义》，夏天夜里乘凉，总往星空上张望，企图能看到风车云辇。

故家水多，常有河滩水潭，总遗憾那不是洛水，没有一曼妙的女子在波浪上飘渺。当年山居小园，足迹不出村口，于是常做飞翔的梦，不知身处何地，恍恍惚惚，御风而行，在一片丹青水墨或金碧山峦间飘游。

在旅途，有一日仰望高空流云，片片洁白如雪片大糕，几欲腾空撷食。有一日掬捧山泉在手，像拾得一块水晶。身疲力倦时，清风徐来，一阵通透，得了自然之力，精神一振。尘俗净尽，一心剔透如澄澈的溪流。平原得平旷阳气，峡谷又有幽静的柔情。高处开胸襟，低凹处聚地气。

有两回山行，石路陡峭如悬梯，不及一尺宽，两旁山崖壁立却有百丈之高。人过时，浮石滚落如泥牛入海，听不见谷底回声。风又大又疾，鼓荡衣衫，心下大骇，不敢俯视，伏身而行，手足并用，虽然步步生奇，却也时时惊心，生怕跌下崖壑，粉身碎骨。上得峰顶，坐在巨石上，山风吹过，肌肤微凉，心际微凉，通体自内而外无不爽然透彻。下山，又是一番历险，周身俱湿，想想也后怕，但自有一番心历，快意如杜诗"会当凌绝顶"。

人入自然，双目皆古人所见亦为后世所见，人间更替无休无止，风景不变。与古人后人同观奇峰云海，同观江河湖泊，流水依旧游鱼依旧，古人和后来者同处一地，一时见了先前者见了后来人。

在南国游历，江淮一带正是梅雨季，躲开那些潮湿，躲开了水淋淋天气。岛上常常晴朗着，空中静静团着一朵朵云，有白色的，有灰色的，有黄色、红色、青色、褐色的，各有形态，过去从来没有见过那么多那么美的云。

看看山看看水，写写山写写水，看看花看看草，写写花写写草……忆旧或者憧憬。旧时月色潇湘，今朝风日大好。一路上多少飞禽走兽花鸟鱼虫瓜果花木让人惊奇，那是我完全陌生的一个环境。尤其在海上，与世隔绝，思绪游离。相对海洋之大，人是渺小的，时常为过去心头的妄念而惭愧，更轻视起俗世的巨测。面对茫茫水天一色，名利都淡了，悲欢离合、鸡零狗碎被海浪卷起，丢入水深处，胸际海天一色。

见过一幅《海游图》的画，人半倚车上，车如藤椅，拉车的却是鱼，头尾峥嵘。那是书生的海上"逍遥游"。

本集为游记，每日有所行，每行有所见，朝夕行走，夜问心事，笔录所见所闻所思，每日一记。每代人都有自己的山水心事山水情怀，下笔之际，却也希望能得古人日记文体之笔墨闲散，胸襟张开。

三日何能知食性，一生未必解人情。走着走着，尘埃落定。尘埃落定了吗？海南，我知道太少；南海，我知道更少；黎族，我知道也少。看罢万卷书，走过万里路，能认识一己之微。读书与行走，让我安心平常安心渺小。读书成文，行走记游，是著作人的积习，积习难改，索性不改。

二〇二二年三月二十八日，合肥

目录

上卷

陆离

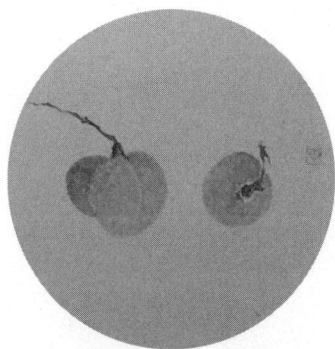

祥云起

有约不来过夜半，闲敲棋子落灯花。古人的静候真风雅，好在有黄梅雨，好在有池塘蛙。昨日午后，自皖来琼，行程一再延误，人声嘈杂里无所适从，生生候到夜过半。

近年来海南多次，须臾便至。像《云头送子》戏文说的那样，祥云起，呼雷闪电，霎时我过了万水千山。

旧时车马劳顿，一路少不得辛苦，真真要风餐露宿，远不如今日神行。车驾驴马人间，定有另外的况味，到底令人生畏。苏轼当年发配儋州，以为生还无望，那么乐天的人内心亦蒙有尘霾。

晨起自海口赴陵水。地方志上说，秦始皇三十三年（公元前214年），在岭南地区设置桂林郡、南海郡和象郡。陵水属象郡外徼。徼，意谓边界，钱谦益说徐霞客足迹深广，极于牦徼外。古书中常有徼人、徼外、徼亭、徼塞、徼障的字样。来到陵水，身处徼外，就是徼人了吧。站在陵水海边，眺望更远的海，打量身侧的山，觉得所有的地方都是偏远的，此地才是人间灯火通明处。

走过几处遗址，内角遗址、莲子湾遗址。在坡落岭遗址，开玩笑说此地名字有坡字者不能来，友人不解。《三国演义》记庞统事，正欲兵进雒城，迤逦前进，抬头见两山逼仄，树木丛杂，心下甚疑，勒马问此处何地，有新降军士指道："落凤坡。"庞统大惊："吾道号凤雏，此处名落凤坡，不利于吾。"速速令兵丁后退。已然不及，只听山坡前一声炮响，箭如飞蝗，可怜庞统连人带马，被刘璋军士乱箭射死于坡前。阎锡山字"伯川"，据说他不敢去洛川，转道宜川。后来要驻军山西吉县南村坡，南村坡谐音"难存伯",直至将地名改为克难城,方才心安。

每见遗址、古物,难免觉出肉身的渺小与易朽,枝枝节节指向一个个生命,人却烟消云散,尸骨无存。存与不存都罢了,有为法如梦幻泡影,如露亦如电。人生守着一个有,最后眼睁睁看着渐变为无。

莲子湾的海滩上,一个少年聚沙成堆、自得其乐。有青年男子携新妇在海滩漫步。不远处,几棺坟茔凸在那里,墓碑上还有鲜红的文字,坟头早已长满荒草。生命如此无声无息,各自悲欢各自情仇。走过这些个遗址,古人的痕迹如同一杯清水浇在沙丘上,看得真切,却再也寻不回多少湿润的过往了。

天气晴好,头顶大块的云,白得像棉花。海风吹过,浑厚清凉,肉身飘飘欲仙。遗址上空总感觉有时间之神一声无奈的喟叹。得闲看看博物馆,看看古遗迹,仿佛清凉剂,会让人多一些内省。在时间面前,尘世的傲慢、贪婪、嫉妒、饕餮、愤怒、倾轧、战争,甚至权势,都像一个笑话。只有欢喜、温和、善良、恭敬、节俭、谦让,让人追慕。

故乡人家堂屋，每家每户必定用红纸黑字端端正正写上五个大字："天地国亲师。"天地在上，天地是不变的时间。最上方还写"紫微高照"四个大字。在四川见过《紫微高照》年画，图写无支祁遭擒事。上古时，无支祁为害淮水，大禹派人前往收服无果，只得请掌管时间之天神紫微星君去降妖。无支祁矫健敏捷，不若庚辰脚步迅速，后被俘获。大禹将无支祁以铁索锁住，压在淮水下游的龟山，从此水害减轻。

紫微是帝星，皇帝却自古轮流做，只有一颗颗星星永恒闪烁在人世苍穹之上，光耀夜空。

一个人与世无争，其实是与自己和解。所谓欲壑难填，为所欲为欲也累——欲为欲所累，到头不过土山堆。

今日天气晴好，炎热，适合晾晒。午后略有空闲，将衣物一一洗净挂在阳台上，须臾即干。阳光晒过衣物最好闻，好闻的还有苹果，四月河岸边飘过的草木，巷口人家的菜饭熟了，松木柜子的气息，磨墨时散发的味道。

　　清少纳言说，有蒿艾给车子所压了，随着车轮回转，闻到一股香气，很有意思。闻着不曾嗅到过的牛的靴带的皮革气息，很有意思。很暗黑的月亮全然没有的晚上，火把的烟气飘浮到车子里边来，很有意思。端午节的菖蒲，过了秋冬，变得枯槁而且白色了，香气却还是剩余着，很有意思。衣服熏得好香，经过了几日，有些淡薄了，余香比现今熏的还要漂亮。那些气息都是旧味了，旧味久违矣，《枕草子》多年未读了。

二〇二一年五月十五日，陵水

椰田古寨

陵水城到椰田古寨，不过五十里地。古寨在英州，英州名为州，实则不过镇。以州为镇，是南方人的阔气。

英州的地名我很喜欢，有种神采奕奕的感觉，像岛上天气。说是天气，其实也与地脉有关。和北方相比，南方总有些意气风发、眉目俊秀。是雉尾生、巾生，是刀马旦、花旦，北方则是大青衣、花脸、老生。

英州辖十七村，有村名为五合、新坡、大石、鹅仔、军田、万安、母爸、疗次、田仔、高土。这些村名极好，不独是异域风情。汉字的组合，千变万化。新坡，村人勤劳，在山坡上开辟有新菜地？

大石，村里有巨石乎？旧年，我家侧门有一巨石，石头上生满苍苔。鹅仔，有孵鹅蛋的高手？小时候每年春夏之交，家中会孵一些鸡蛋，刚出壳的鸡崽小小的，毛茸茸的，盈盈一握，有喜气有灵气还有憨气。偶尔见乡农挑一担子鸡崽售卖，在竹箩筐里晃晃荡荡，有人买时，双手捧起，像捧了一朵黄云。

人近中年，醉心喜气、灵气、憨气。人生多几分喜气，生命底色不过于荒凉；人生多几分灵气，活得通透；憨气是至人之气。《红楼梦》中宝玉得了喜气，黛玉得了灵气，唯独湘云一身憨气。椰田古寨似乎大有阴翳气，不知道是旧房子的气息，还是椰林遮光的缘故，或许是途中和友人谈到了《阴翳礼赞》。谷崎润一郎文笔如涓涓细流，细微处见大美。日本随笔最适合雨天翻读，足不出户心无杂念，一任帘外雨声潺潺，书页间也缠绵了蒙蒙雨丝。

文风书风画风，有民族的幽光，有时代的折射。日本文学，螺蛳壳里道场，多阴郁唯美，少苍茫浑厚，哪怕洋洋百万言的《源氏物语》也如此，滋润柔媚得像水磨年糕。《阴翳礼赞》，不变的物哀幽玄，挥之不去的淡淡的月色，令人如沐晚风。

椰田古寨民舍极其简陋，王宝钏当年所居的寒窑大概是这般模样吧。十八年时间漫长，到底还有终期。真实的人生远远比戏台残酷，更没有戏台的花好月圆。多少个王宝钏在寒窑里一辈子含辛茹苦，孤单过活，伶仃死去，永远等不到荣耀归来的薛平贵，因为她的生活里，从来没有薛平贵。

寨子人满为患，各地言语杂陈。有人自东北来，有人自西北来，有人自闽南来，有人自江南来。曾经寂寞的古寨，一辈子在古寨里生老病死的岛民，他们想不到自己的家园有一天会成为别人眼中远方的诗意所在。

古寨有古风，旧时黎族有拜贡的交易方式。村里人家将多余的瓜果蔬菜置放村口，不必看管，来客自取，零钱放入竹篓。民风淳朴如此，让人大有好感。

移步换景，见地上埋藏有几坛酒，是为丧酒。

老人七十岁后，以山兰稻酿酒，装入陶罐密封埋藏于地下，待自己去世后挖出，供前来吊唁的宾朋饮用。江南人以女儿红婚嫁，此地人酿酒静待死亡，其中自有悲壮，也有对归宿的淡然。忘了是哪朝故事，两人对弈，朝廷送上毒酒，那人一饮而尽，说这杯酒我就不劝了，倒地而毙。慷慨赴死易，从容就义难。黎族人对死又从容又慷慨，这是得了大地之气，懂得天道人伦自然法则的。

寨里有古树，已成为树神，乡俗说可以祈福。人纷纷摩挲树身，喃喃自语，让树成全内心的一份炽热一份希冀。他们让我也摸摸树，掌心贴着树皮，给树神祷告啊，顺从自然——让树神赐得勃勃生机，赐得好的命运，让文章之树多青绿几年。

夜宿三亚，遥远的海上一弯月亮。月色照着大海，照着我，也照着古寨。送走了人流与烈日，空下来的寨子想必更有古意，也多了阴翳之美。

二〇二一年五月十六日，三亚

落笔洞记

天气晴好，去落笔洞。

落笔洞在落笔峰下，一段山路，两旁植被茂密。刚入野径，前边大树上，一只鸟悠长地叫了一声。欲辨其类，它却扑棱棱转身飞走了，惊得青枝一颤，露珠如雨，洒落树下，满面清凉。

渐行渐深，山林静寂，鸟也无声了，一颗又一颗露珠停在枝头、叶间、青藤。小时候最喜欢露珠，看各种瓜果蔬菜上的露珠，茄子上的露珠发紫，南瓜上的露珠翠绿，豆娘翅膀上的露珠晶莹剔透如水晶。

古诗有太多关于露珠的句子，《五灯会元》上说

"溪花含玉露，庭果落金台"，字字写实，字字禅意。花蕊里含着一滴露珠，在风中摇曳。庭院里的果实熟了，落在台阶上，清脆的声音击破空气。露珠以荷叶为最。湖边，大清早，一池荷花，苞子上清水滴滴，荷叶上水珠滚来滚去，不沾一丝风尘。

陶渊明说："露凝无游氛，天高肃景澈。"温庭筠说："一点露珠凝冷，波影，满池塘。"夜深露重，露的意味凝重了起来，有秋思。

露珠很小，听了一夜草叶心事，听了一夜松针心事，听了一夜瓜果心事。心事装得太多，一碰就会碎，可远观而不可亵玩。自然之美，要摒除世俗的喧嚣，心灵在极度的宁静中才能发现。这一次看落笔洞，满眼的露珠，令人欣喜。

露珠差不多只存于记忆了，多年未见。小时候在乡下生活，安静的晚上，总喜欢一个人站在月光下感觉露意。露珠有药用，乡下有人患眼疾，清晨取竹叶上的露珠擦洗。《红楼梦》中薛宝钗平时吃的冷香丸，配方里有露珠。

一路看绿色看露珠不绝，不多时到得落笔洞前，危崖高耸，像一只竖起的冬瓜，下面是落笔洞。洞本为远古先民藏身所，发掘出人兽化石若干，并有诸多石制器具，入内即有阴凉感。"落笔洞"三个斗大字赫然，为成吉思汗曾孙云从龙书写。

　　云从龙的名字有意思，语出《周易》："同声相应，同气相求。水流湿，火就燥，云从龙，风从虎。"因为汉人寄养，故易名改姓。史书说忽必烈令他入琼抚黎，至元十七年，升为昭勇大将军，得授虎符，任海南道宣慰使。三年后，他来游玩此洞，元朝大举伐宋，刚刚完成霸业不久，云从龙心里想必还回荡有豪气，兴起留墨，铭刻了这一笔胸襟。

　　洞中有元明清三朝石刻十块，云从龙的手迹最为磊落抖擞，难得有金石气，有马背气，有将军气，更有英雄气，间架抱得紧，笔画走得开，南宋时人难见这样浑然充沛一股元气。石刻多为诗作，写旧人心性，一句"谁知落笔辟，崖中风起烟"十字独得风流，惜无头无尾，不知何人所作。另有元初许源一诗颇见奇崛，有真趣：

> 袖拂山风上翠微，仙禽窥我怪儒衣。
>
> 岩扃石壁真奇趣，烟盖云幢似远围。
>
> 彩笔不随仙子去，青峰空伴野云飞。
>
> 我来续就承天赋，铁笛一声鸿雁归。

明正德《琼台志》上说，琼州东边百余里，官道北五里，有一独耸的石峰，高数十丈。山上有石洞，传说曾有僧人于此坐化。又有悬石，敲击作算盘声音。高处一石门，悬石之多，如有万马首。入其中，有二石如悬笔，笔尖水滴不断。

落笔洞不大，洞底平石如砚台，石壁凸凹不平，洞顶石头也多奇相。高处有两根向下垂吊的钟乳石，形似悬笔，今仅存半截残件，笔尖也无水滴。笔已秃，墨已尽，最是世间无常。

在洞里走着，心想，何时能修得一支大笔。大笔作大文章，是我的追求，尽管笔尖已秃。八大山人晚年喜欢秃笔写字，岁月磨损，人书俱老，失了尖利锋芒，多了圆润随意，线条粗细均匀，字体大小各异，字幅淡雅随性、隐逸奇妙。金农也以秃笔作漆书，迟涩中畅达，险绝处自然。

入得一回落笔洞，不知能得几分秃笔意思呢？疑惑着离开了落笔峰。衣物带动树叶杂草，回头看时，树叶轻轻晃动。

二○二一年五月十七日，三亚

天涯海角

　　海南名声大的，第一是天涯海角。

　　天无涯，海无角，人间却偏有一处地方为天涯海角。这是人的心相。天之涯与地之角相距遥远，人间却偏有一处地方既是天涯还是海角。还是人的心相，可知人心无限。

　　歇坐海边，落日西坠，染得半天如火，火烧至海面，水天一色金光灿烂。海浪拍打过来，水花笑嘻嘻漫过沙滩，不及避开，鞋面湿了大半。潮水仿佛惭愧了一般退下海，须臾又闹哈哈卷过来，反反复复，不知疲倦。

　　天涯海角的石头多为苍色，周身嶙峋，如龟壳，似龙鳞，手抚之如触荆棘，令人肃森庄严。看过一块块杂陈的石头，疑心是女娲炼石补天留在人间的遗物。

石头极大，大美难言。有人不以为然，觉得不过几方石头而已。菩萨也不过是木是石是泥，因人力所为，有了菩萨形，人就生出恭敬心，要跪拜的。天涯海角的石头也如此，天涯海角的人都来看这天涯海角。

今天的人来天涯海角是闲情，古人往往是落难。不独苏东坡，还有李德裕、赵鼎、胡铨、卢多逊……有人落难，终究能守到金凤还巢的一天，守出个柳暗花明；有人落难，山穷水尽，生机全无，落得郁郁而终。

却说宋初权相卢多逊贬往崖州，本以为还能东山再起，眼见着肉身羸弱，日渐衰老，依旧回朝无望，渐渐起了病，沉疴宿疾如何消受得住，逝于水南村，临终作遗表感慨，以前身居高位，一呼百应，如今要死在这遥远的地方，只有荒草萦骨了。卢多逊父亲居家俭朴，儿子显贵后，日渐奢侈，他忧愁不乐，说世代儒素，富贵突然到来，不知日后葬身之地啊。

水南村还在，失意又得意的人来来往往，满载而归或一无所获的渔船也来来往往，时间在来来往往中沦为过去。村口男女老少团团围坐闲话，不知古为何物，但知今夕行乐。恩仇荣辱已成云烟，只有曾经的日常流传不息，花开了花又谢了，当年的光景还在：

碧山翠林间几户渔耕人家，爬上篱笆的薯蓣一春有一春的叶蔓。夏天到了，绕屋的槟榔纷纷开了花。猎犬入山追捕野猪、麋鹿，小舟装满鱼虾驶回家园。鹦鹉在结子累累的椰树上筑巢为家，鹧鸪在竹林里鸣叫，竹荪遍地，家家衣食自足、谷物丰收，户户畅饮美酒。

崖州的老房子极矮，立柱大梁颇多，为了抗压躲避台风的缘故。几户晚清民国民宅，墙壁用的是青砖，窗棂屋檐有木雕，朴素里有尊贵。屋檐下的柱子上，左右两个泥塑的绿叶红桃形香插，是为东成西就。民生艰难，平人万事喜欢求一个圆满求一个如意。

阳光如瀑，艳阳高照，午后车过分界洲岛，一座不大的山脉隔开了琼南琼北，气候迥异，文化有别。

下午到了万宁。客舍楼下有园丁给树木灌溉，水冲在树上打过芭蕉，哗哗如鸣泉，三五个路人迤然走过。

二○二一年五月十八日，万宁

遗址

　　想离开这里了，不知道祖祖辈辈在这座山上在这洞里生活了多少年，自打记事起，就一直在此生活，山上每一棵树、每一株草、每一块石头，熟悉得像手心的掌纹。后来他稍微大了一些，跟着人一起出洞，打猎捞鱼，渐渐地，足迹越来越远，有时候追逐一群山羊、野牛之类，三五个年轻人一路跟着，几近百里。

　　某一日天空晴朗，几个同伴心有所感，当下腰悬木棍，身披兽袍，用麻绳束好头发，各自领了家中妻儿老小一大群人悄然离去。男人带着石斧、石锛、石凿，女人与孩子抱起陶盆、陶罐、兽皮，漫无目的，足迹所至，踏遍了岛上的山山水水。

一群人东游西荡，忽忽数月，忽忽数年，各自寻了居家所在，离别时难免也会伤感流泪。

这日有一队人行近神州半岛湾仔头，见几只雉鸡停在树上，一只熊蹲在大树下，双爪按住一头豺狼。豺狼头颈鲜血淋漓，兀自扭动身子反抗，熊腾开一掌，扬空拍下，打得那畜生几欲痛昏过去，又乘势连击数掌，豺狼脑骨已碎，头面模糊，一动不动瘫死在那里。熊居然扔下它，径自走了。众人大喜，却是气也不敢喘，生怕熊听见了，悄悄隐身在一旁，等它走得稍远了，上前拿了豺狼。不多时已剥开兽皮，生起火来，烤得狼肉滋滋喷香冒油。

众人见此处地势平缓，亦无人烟，便停下来做了草舍茅寮，也有人在树上结网为床……日复一日，男人每日外出渔猎，女人守着家里，得闲纺线缝补衣物，一代代在此又过了几百年。

故事纯属虚构，却能对号入座。

在神州半岛远古先民遗址，考古人员说这里的先民该是落笔峰下落笔洞中那些人迁移过来的，我就有了这样的遐想。

神州半岛上几处先民遗址散落开来，相隔倒是不远。先民生活过的地方，池塘里翻起水花，鱼虾悠游，日夜不绝。高大的芒果树结满了芒果，青青磊磊垂落，再过一阵子，这些芒果就要熟了。槟榔两人高，微风吹过，动也不动。一胖大妇人在两棵树之间结网，躺在那里晃荡不绝，海风吹过，独得自在。

发掘出的陶片堆在一户农民家，农民夫妇二人皆瘦小，地道的海岛渔民模样。门口春联还端端正正贴着，说的是：

迎喜迎春迎富贵，接财接福接平安。

我乡人亦常用这对联，横批也是"吉祥如意"四字。俗世愿景向来浩荡向来平白，南北无二。

有些陶片上有纹络，如网格，或竖线，也有波浪纹，还有斜线加波浪纹。这些花纹应当是用绳索勒就或刻画而成的，本为触手防滑，却也多了美观。爱美是天性，连野兽也珍惜自己的毛皮，不愿轻易损坏。

神州半岛遗址的陶器主要有罐、钵、盘、杯等，石器则有石锛、石斧、石刀之类，还有纺织工具——纺锤。除了兽皮之外，先民大概也可以穿些简单的棉麻衣服了吧。

拿起一个石斧，凭空做切割状，心想这一块石斧割开过多少兽皮呢？那些人无名无姓，更不知道岁月年头，在此间活着，经历生老病死，自然也经历爱恨情仇。

看了几个遗址，又去湾仔头村，一老人见有生客，很兴奋，极热情，可惜说不出话，双手挥舞咿呀呀比画不绝。大概是生活中总也找不到一个说话的人，无人共话怕是最大的孤寂。三五个渔民坐在大树下自顾自午饭，凤凰花开得正好。深绿、翠绿、嫩绿的羽状层叠枝叶中，一串串一簇簇火红、艳红、殷红的花，在树林里按捺不住地张扬，按捺不住地娇艳，临空绽放。花无语，一口老井亦深幽无语。水清洁剔透，忍不住打满一罐带着。

上车要走，哑口老人意犹未尽，一脸不舍。

午后以井水泡茶，泡的是我乡翠兰茶。茶汤碧绿袅起热气，是故家的气息，轻呷一口，甚是甘滑。万宁有此好水，果然万宁，果真万宁。

二〇二一年五月十九日，万宁

东山岭

明明是一座山，却名号为岭。既称作岭，偏偏又三峰并峙，形似笔架，历史上曾称其为笔架山。东山岭，非山非岭，是岭是山。历代不少道士在此炼丹修身养性，视其为小瀛洲。宋朝时候山上就建有真武殿，供奉真武大帝。到了这里，方才悟出东山岭的名字有道家气。老子《道德经》言：道可道，非常道；名可名，非常名。宋朝李纲贬至海南，上来此山，旋即官复原职。后人将此处视为吉祥地，并立碑为记。

站在山顶，只见蜿蜒的石径上行人如蚁，人为看山而来，为访古而来，为吉祥而来，为拜佛而来，为求道而来，为得势而来，为登高而来。也有人慕名而来或莫名而来，上山的大多跃跃欲试，下来的往往一脸恬静。

游客虽多，因为山石草木的缘故，不觉得聒噪，人来人往越发添了生机添了活力。蝉也跟着凑趣，漫山遍野远远近近地叫着，无有穷尽。

过华封仙岩，洞内有观音像，进去拜了拜，心里无求无欲，亦无思无虑。人求佛拜佛，求的是心，拜的也是心，求一个心神，拜一个心神，让心神安宁吉祥。石雕得了人间香火的供养与敬奉，就成了菩萨，有了神力，给人以希望给人以力量。

岩洞顶端状如卧榻，据说是仙家用物。明朝人姚守辙专门为此写过诗，最喜欢中间两句，得了道家法旨，也得了禅家意思：

牧童一笛山花醉，红日三竿蝶梦长。

风过竹林鸭玉佩，云开霄汉吐虹光。

"风过竹林鸭玉佩"有俚趣，风吹过竹林，嘎嘎像鸭鸣，似玉佩之音。玉佩轻击的声音我听过，也真是嘎嘎有鸭鸣之音。

到处都是摩崖石刻，鲜红的字在阳光下璀璨，又光鲜又沧桑。

东山岭的摩崖石刻极熨帖，那些石头仿佛生来就在等人凿刻留字，难得书文俱佳。一尊尊大石上，写有"自我"，写有"去思"，写有"会心处"，石桌面上却又写"要多思"。上前看几处石刻，思索其中意思，觉得说的也是文章之道为人之道处世之道。还有石刻说"青山绿水无古今"，令人感慨。感慨山水的长久，无奈生命短暂须臾。人的一生，不过俯仰之间，尘世多少快意恩仇，顷刻沦为陈迹化作梦幻泡影。

四周都是树，有一丛树天赋异禀，竟从石头缝隙里长出来，根须包裹了大石头，生机渴求，硬生生以石为根以石为壤，长出丈余高。走在树下，叹息生命坚韧，到底万物有灵，一时便懂得石刻"活石"

二字的受用与美好了。石头一旦凿立文字，就有了
生命，就成了活石。石头本来不言不语，千万年来
只是安静守着这山，守着一世世的人，也守着日出
日落。

　　避开了人群，只在摩崖石刻前流连不舍，心里
感慨：性灵充满太和充满。也为匆匆忙忙一心只有
山顶的人惋惜了。

　　游人秉性，喜欢到处题字。

　　《西游记》上孙悟空大闹天宫，玉帝命人请来了
佛祖。佛祖知悟空身世，祥和劝解，悟空不听，自
认神通广大，于是佛祖与他打个赌赛，一筋斗打出
右手掌中，就算他赢。佛祖伸开右手，却似个荷叶
大小。孙悟空抖擞神威，将身一纵，一路云光，无
影无形去了。佛祖慧眼观看，见猴王风车子一般相
似不住，只管前进。大圣行时，忽见有五根肉红柱
子，撑着一股青气。拔下一根毫毛，变作一管浓墨
双毫笔，在中间柱子上写一行大字："齐天大圣到此
一游。"翻转筋斗云，径回本处，才知道未曾脱离佛

祖的手掌。急纵身要跳出，佛祖翻掌一扑，把猴王推出西天门外，将五指化作金、木、水、火、土五座联山，唤名"五行山"，轻轻把他压住了。

所谓雁过留声，人过留名。不是谁都可以碑刻立记，于是有人在树身写字，在竹竿写字。东山岭头竹竿上很多人刻有字，笔迹歪斜难以辨识，依稀可见林四妹、唐丽、陈治国、符文、郑大礼……他们是我芸芸众生的兄弟姐妹。有人只留了光秃秃的姓名，有人则写"到此一游"。有根竹子藏在深处，写"温大安东山再起"，心里一动，这该是很多年前的旧刻了。站在字迹旁，默默送了一份祝福，希望他早已如愿。

上到山顶，眼界远阔，清风鼓荡衣衫，热气很快消散了。风吹起凤凰花，一时落红如雨，那些花颜色深红，像撒了一地锦绣。人直直站着，被风吹过，被飞舞的花朵淋着，心花悄然开放，一身清芬一身馥郁。

孔子登东山而小鲁，登泰山而小天下，那是登高开眼，胸藏天地风云啊。今日游过一回东山岭，见过东山耸翠，有奇甸岱宗之感，金石永年，比肉身久远，少不得一番感慨：

东山岭上行，草色静人心。

踏步台阶绿，重林路径深。

肉身风吹草，石刻古通今。

但从丘峰韵，临栏望海音。

二〇二一年五月二十日，万宁

去什寒

今日去什寒。

车自琼中城出发，到处是山呀，像长长的岭，横在大地上，高低起伏，一道道梁，大梁和小梁，都是绿色的，仿佛没有山骨，或许是草木疯长遮住的缘故，看不见石头。

树叶和路边的野草，茂盛连绵，凝重的绿，风吹着也不发出声响。山林渐深，时见溪流，转过几个山嘴，到了什寒。据说雨水天气时，这里云雾景色极好，宛如天上。

什寒是个小村落，海拔略高，在红毛镇山上，藏身于黎母山和鹦哥岭之间的高山盆地。

阳光大好，走得几步，汗流不止，身子骨像漏水的布袋，无一根干纱。这样的天气无要紧事，人总不愿意出门的。远远地只见大树下坐着三五个人饮茶闲话。路边矮房子里走出一个老妪，赤着脚，手拿一把弯弯的柴刀。

怎么不穿鞋呢？

不习惯，穿在脚上觉得多余。

一时觉得"多余"二字大有禅意。说起来人生在世，谁都是赤足来到这人间的，但总也做不到赤条条来去无牵挂。年轻时候求学求业，然后求名求利，乃至求高寿求子孙，求流芳百世求利在千秋，无有尽处。实在，多少东西都是多余呢，到头来不过结结实实一个土馒头。

尾随老妪一路徐行，走到村口。后面是稻田，稻穗开始灌浆了，沉甸甸垂首躬身，一棵稗草直着身子，显得格外惹眼。自然里也有人情物理，谷物实则谦虚，稗草空而自恃。

路边有一丛仙人掌，近人高，青面獠牙，头角狰狞。这些仙人掌肥厚不足，颀长有余，如太湖石。在昆明常见仙人掌，皆可入画。有人向汪曾祺先生求画，要有昆明的特点。汪先生画了一片浓绿倒挂的仙人掌，末端开出一朵金黄色的花，又添上几朵青头菌和牛肝菌，题跋道：

> 昆明人家常于门头挂仙人掌一片以辟邪，仙人掌悬空倒挂，尚能存活开花。于此可见仙人掌生命之顽强，亦可见昆明雨季空气之湿润。雨季则有青头菌、牛肝菌，味极鲜腴。

不知什寒村可有如此湿润。

路过一户黎族人家，门前瓜地竹架上挂了几个壮硕的葫芦，颈身极粗，不像他乡葫芦腰身纤长。那家人客气，让进去喝茶。茶橙红色，慢慢喝干，口感平稳，介于红茶和岩茶之间，沁人心脾。不知什么茶，问了两回，人答了两回，言语不通，依旧不明所以。他索性拿纸笔写了，原来是寄生茶。

以前喝过桑寄生茶，据说是鸟雀叼衔一些树果停歇在桑树上啄吃，有种子落在山茶科和山榉科等树枝或伤陷处，就此寄生下来，倚树而活。

有寄生茶、寄生虫、寄生菌，还有寄生人。管子说，有地君国，不务耕耘，就是寄生之君也。先秦人见女萝附松柏上，作歌说"茑与女萝，施于松柏"，茑，寄生也。刘长卿的诗说得最好：

　　　　杜门成白首，湖上寄生涯。
　　　　秋草芜三径，寒塘独一家。
　　　　鸟归村落尽，水向县城斜。
　　　　自有东篱菊，年年解作花。

喝了两杯寄生茶，主人家切开一个木瓜。颜色黄澄澄的，入口软烂丰润，香甜多汁，比芒果朴素。吃过一回木瓜炖羊，羊汤清甜。古人说梨百损而一益，木瓜百益而一损。木瓜易活，随核发芽生根。

《诗经》说先秦事，投我以木瓜，报之以琼琚，大情意在焉。不知那木瓜是不是我今日吃到的番木瓜。

桌子上有供应外客的菜单。有阉鸡、鸭、山鸡、本地鸡、黄牛肉、野生小河鱼、小河虾、本地猪肉、排骨、罗非鱼，另有南瓜叶、酸菜炒粉丝、地瓜叶、肉炒土豆丝、豆角、西红柿炒蛋、四季豆、肉炒苦瓜笋干、小白菜、白花菜、芭蕉心、竹笋干、西红柿蛋汤、雷公根汤、紫菜蛋汤、青菜，价格多则百十元，少则二十几块钱。还有售马蜂酒、糯米甜酒、巴戟天酒、牛大力酒、灵芝酒。主人家客气，说舀半盏让我尝尝。自知酒量平常，慌忙起身谢绝了。

无有琼瑶，无以为报，倒是想中时在这人家午饭，其中几道菜颇引人胃口，奈何还要赶往下一处。临出门，桌子上还剩下半块瓜，忍不住又拿了一瓣，边走边吃，一口口岛上阳光的味道。

二〇二一年五月二十一日，琼中

水会守御所

　　早饭后去明代水会守御所古城遗址。

　　水会守御所古城在一片橡胶林里，昨天刚割过胶，林子里飘散有橡胶气味。过去从未闻过这样的味道，有些腥膻气，有些生青气，令人灵府一醒。

　　水会守御所是明朝万历年间建造，存世两百年，不知何故，又废弃不用。古城地势稍微高一些，城墙如今只剩残垣，城楼和当年的屋舍荡然无存。先去了遗址东门，城墙石还在，门早就没有了，门心石还在，洞口被泥土填满了。当年的城墙，剩下一拱土堆，一条若有若无的绿色的轮廓线上长满野草长满树木，潜伏在荒地里。古人筑土为墙的影子依稀还在，两边的石头坍塌不知去处。

曾经的景况只能在文字里寻找，地方志上说，水会守御所周围三百七十五丈，横阔七十二丈，启门三，东东安，南南平，西西安，上建楼四。

水会守御所本为驻军所用，万历二十七年，岛民起兵，朝廷派人平叛，俘斩一千八百多人，后来又在此筑地为城，置守御千户所，令三百兵丁在此驻守。

少年时候读过旧小说，书中二人默默无言携手同行，沿途所见皆是军士烧杀劫掠，只见西北角上火光冲天，料是在焚烧民居。暮霭苍茫之中，巷子走出一个年老盲者，缓步而行，咿咿呀呀拉着胡琴，自拉自唱，声音苍老嘶哑："无官方是一身轻，伴君伴虎自古云。归家便是三生幸，鸟尽弓藏走狗烹……子胥功高吴王忌，文种灭吴身首分。可惜了淮阴命，空留下武穆名……君王下旨拿功臣，剑拥兵围，绳缠索绑，肉颤心惊。恨不能，得便处投河跳井；悔不及，起初时诈死埋名。今日的一缕英魂，昨日的万里长城……"老人一面唱一面漫步走过，转入了另一条小巷之中，歌声渐渐远去，说不尽的凄惶苍凉。

遥想当年一场恶战，史书上寥寥几字，其中多少人头落地多少妻离子散。今日的一缕英魂也未必是昨日的万里长城，又有多少长城被历史长河淘洗成碎石残砖。

当年官兵在水会守御所屯田拓荒开路，连接各地要道，渐渐通贸易，建乡约，兴教化，立社学，训黎庶，街巷繁华一时，商贾云集。

站在城门口，几度恍惚。想当年这城门，每日众人进进出出，有人牵牛有人赶猪有人挑粮，几个顽童捧着椰子蹦蹦跳跳嬉闹出城而去。夏天热时，城内有人建得凉棚，为行脚的苦力遮阳避暑，中间放一张破旧的木桌，几个小凳子横七竖八乱搁着，桌上摆着粗糙的陶壶陶杯。走路的人，渴得很了，也买几个钱茶水或者砍开一个椰子解渴。城中正道两边有几间商铺，还有临时搭盖的铺棚，各种商品虽不是琳琅满目，日常油盐酱醋却也颇为齐整，更有米行、布店，还有家当铺。到天色晚了，城内说不上灯火璀璨，却也烟火气不绝。

天下熙熙，皆为利来；天下攘攘，皆为利往。利来利往比不过岁月苍茫。当年的人声消退了，脚步走远了，仿佛一切未曾有过。宫阙万间都做了土，何况这小小一座土城。庶民如尘，帝王亦如尘。城郭是空，村落亦空。得意成空，失意也空。空空荡荡的树林，几只鹧鸪发出一阵阵悠长的鸣叫——

草木森森，鸟鸣嘤嘤；枯荣有序，昔昔无声。

草木翩翩，鸟鸣哔哔；斗宿南天，无有尽年。

草木潇潇，鸟鸣嘈嘈；春去花在，湮灭尔曹。

草木萋萋，鸟鸣唧唧；今我来时，物被荆棘。

草木葳葳，鸟鸣脆脆；林空人寂，清清宁岁。

草木蕤蕤，鸟鸣微微；白日素晖，新木争飞。

草木苗苗，鸟鸣啄啄；今我来思，云尽月落。

草木深深，鸟鸣岑岑；今我来寻，不见古人。

鹧鸪的叫声有怀古风味，记得韦庄写过一首

《鹧鸪》诗，其中有两句说：

孤竹庙前啼暮雨，汨罗祠畔吊残晖。

在水会守御所古城遗址上忆及这样的句子，伤感不已。

村里农家饭菜香飘进树林，此岸色香味啊，美好的人间。

二〇二一年五月二十二日，琼中

鹿回头

前几天去过鹿回头，名字大好。倘或是鸡回头、鸭回头、鹅回头、猪回头、牛回头、马回头、羊回头、狗回头，顿失风韵；狐回头、狸回头、豹回头、狮回头、虎回头、蛇回头、象回头，也都少了意味。龙回头呢？龙抬头才好。二月二，龙抬头。古人称这一天为中和节。

龙是大吉圣物，和风化雨。龙抬头则阳气生发，万物生机盎然。古人在这一天拜村社，祈丰收，民间更有剃龙头、祭祀、敬文昌神、吃面条、炸油糕、爆玉米花、吃猪头等习俗。剃龙头的习俗，源于龙图腾，断发文身以像龙子习俗。

为了纳吉，龙抬头这天北方人食物均取"龙"有关之名。水饺称作龙耳、龙角；米饭称作龙子；面条、馄饨做一起为龙拿珠；吃猪头称作食龙头……民间更有诸多禁忌，燕京人家，闺中停止针线，恐伤龙目；更有地方忌担水，禁止到河边或井边，以免惊扰了神龙，招致旱灾；这一天不盖房不打夯，以防伤到"龙头"；更甚者，面也不磨了，认为会榨到龙头，不吉利。俗话说磨为虎碾为龙，有石磨的人家，这天将磨盘支起来，方便龙抬头升天。

我家习俗，每年二月二会吃一顿春饼。

春饼以面粉烙制而成薄饼，卷肉菜，烙制或蒸制，油炸亦可。关于春饼的诗文不少：

薄本裁圆月，柔还卷细筒。

纷藏丝缕缕，才嚼味融融。

袁枚说春饼薄若蝉翼，大若茶盘，柔腻绝伦。汪曾祺喜欢春饼，作诗极深情：

薄禄何如饼在手，浮名得似酒盈樽？

寻常一饱增惭愧，待看沿河柳色新。

　　却说那日去过鹿回头，好像走入了古典境地，是宋代梅尧臣的诗：

适与野情惬，千山高复低。

好峰随处改，幽径独行迷。

霜落熊升树，林空鹿饮溪。

人家在何许？云外一声鸡。

　　当年鹿回头，也定然有过鹿饮溪。

　　鹿身姿优美，温顺和善，古人将其喻为天下，所谓取天下若逐野鹿，共分其肉。鹿逃来逃去，最后总会让人捉住，众人分吃，或一人独食。《史记》说："秦失其鹿，天下共逐之。"秦朝失了天下，群雄并起，争夺不休，汉高祖打败楚霸王，终于得了那一只又肥又大的鹿。多少人王霸雄图，逐鹿中原，未知鹿死谁手，鹿终究是要死于人手的。人虽然和鹿不同，最终也会沦为尘土，死于时间之手。

洞庭湖边草地上见过麋鹿。它们嬉闹无羁，眼目温顺，毛色也温顺，上午的阳光照过，人心也温顺。一年迈老鹿忽长声鸣叫，声音里透着丝丝悲凉。忽然觉得那是一只从八大山人笔下游离而来的鹿。

八大山人画鹿，枯寒若惊弓之鸟，见过他十几幅鹿。鹿同"禄"——福禄寿。八大一生福禄全无，下笔画不好鹿。

麋鹿角好看，像珊瑚石，又像一丛树枝。

去过鹿苑，触目皆是奈良鹿。那些鹿不畏生，向人索食，贪得无厌，食尽方休，人却觉得可喜。少年读过的故事，两人逃亡森林，偶遇群鹿，弹身跃起，坐上了鹿背。鹿想将二人抛下，用力跳跃，但人举手紧紧握住鹿角，哪里抛得下来。两人饿得头晕眼花，仍是紧紧抱住鹿颈，抓住鹿角，在茫茫无际的雪原中奔驰。梅花鹿身高腿长，奔跑起来不输于骏马，只是没有鞍鞯，颠簸极烈。如此接连十余日在密林中骑鹿而行。小说世界向来惊奇向来精彩。

老家茂林修竹，可惜山中无鹿，倒是有很多獐与麂，它们同属鹿科。獐身形娇小，外形近鹿，黄褐色粗毛，腹部白色，没有角。麂更小，腿细而有力，善于跳跃，总是在山坡陡峭的地方出没。獐与麂天性胆小，如惊弓之鸟，有点风吹草动就逃入草丛石窠。

很多回在山里和獐、麂兜头相遇，隔着几丈远，它们低头吃草，不时竖起耳朵，似乎在听什么，偶尔还呦呦嘤嘤地鸣叫，很纯净的声音，怯生生的，又羞涩又温柔，那是《诗经·小雅》里的声音，正大平直，中和典雅。先秦有一群鹿，呦呦而鸣，在原野上吃艾蒿吃蒿草吃芩草，有人鼓瑟吹笙鼓簧鼓琴。

每每遇见獐、麂，耳畔顿时安静了，能听到风拂过草叶的声音。风带来山里茅草的气息，也吹来它们的体味，有一些腥膻，有一些清新。

今日在临高，临高的名字也好，好在所临者高。水往低处走，人却总想着高处。《说文》言："高，崇也，象台观高之形。"倘若是临低、临平、临凸、临凹、临上、临下、临远、临近、临长、临短……皆不及临高正大。临高的意蕴，几近韩愈的诗："院闭青霞入，松高老鹤寻。"

二〇二一年五月二十三日，临高

瀑布

瀑布在临高居仁村西北，是为居仁瀑布。因它位居古银溪上，又称古银瀑布。

前些天暴雨倾城，今日河水兀自浑浊，汩淴漂急，颇有浩瀚之势。

河道屈曲回环，岸边的路也弯折辗转。日常里追求大道坦然，看景却不妨小路崎岖。游玩，玩的是路，道路意思，道有意，路见思，说不尽的山水楼阁故事。

山路，石路，木路，险路，峻路，怪路，小路，大路，高路，奇路，重要的是路上故事。我的路上故事是文字。以步为字，积路成文。其中迂回，亦如路径，曲径通幽乎。好文章花木深，自有一片清静，遮阴避险。

　　古银瀑布好在天然，巧夺天工也好，奈何世间投机取巧者太多。元人曲令说美色，不将朱粉施，自有天然态。言辞大好。天然之外，又得古淡，或许是那些石头的缘故，一颗颗在水中孤单古淡。

　　水高七丈上下，如马腾，激流飞泻入得深潭，呼啸击打在巨石上，有春雷声音。河水冲荡极高，人未近前已满脸雾丝。山头翠林扶摇，树色深邃，闲心随水东流。忘了天上，不知人间，竹影洒在路上，潇潇冉冉。

二○二一年五月二十四日，临高

罗驿村

罗驿村李氏宗祠又看见张岳崧字迹，是手书的碑联，看得见一笔一画的周到得体，大有福气，大有才气，名望不虚。

前人说张岳崧当年片纸只字，人争宝之，说他书法得晋唐诸家奥秘，临仿各造精妙。张岳崧的书法好就好在"得晋唐诸家奥秘，临仿各造精妙"，坏处亦在此。见过他的条幅对联，笔墨圆润苍秀，有探花风流，只是馆阁意味多了些，少了自成一家的头面。见他偶给友人的雅玩之作，随手一书，不经营法度，倒是独抒胸襟，多了潇洒自如，看得见书生情怀，时人宝爱的怕是那样的尤物。

祠堂对联横批有奇味，写"禄马贵人"四字。禄为财，马有动变承载之用，贵人为官。禄马贵人相生相克，禄马生贵人亦克贵人，其中有道。站在堂下，感慨着古人遣词造句之妙，又为古人的智慧而倾倒了。

那些老房子，以石为砖，如今多已无人居住。其中一户旧时人家，院子长满野草，赫然立着一尊巨大的石器，如钵如磬如碗，或为储水饮用，也或许以备救火应急之需。石器朴拙厚实，一人张臂环抱不过半径，外壁刻《诗经·小雅》句"如月之恒，如日之升"八个字。心头欢喜不禁，觉得吉祥，忍不住与它留影存念。

村里池塘边，还有步蟾坊，气势轩昂。古人说腹饱五车期步蟾，传说月宫有只三条腿的蟾蜍，从而名为蟾宫。神话故事说，月宫有桂花，攀折月宫桂花即能科举高中。《孽海花》中一女子听说举人是月宫里管的，只要吴刚老爹修桂树的玉斧砍下一枝半枝，就可以中举，名叫蟾宫折桂。此后只要那人进考场，她就伏在拜垫上，对月碰头，头上都碰出桂圆大的疙瘩来，嘴里低低地祷告，替心上人求高中。灵验与否不管，其中情思真真深切真真意重。

步蟾坊为明人旌表其子中举而建，望子成龙之心，天下父母无不相同。村人说步蟾坊颇有灵气，后世有为学业求功名者，去坊下祷之多有应验。步蟾二字不知何人手笔，也有蟾蜍静卧之态。在乡下常常见到步蟾，意态从容，有王者气，如大象缓步，亦如前人咏蛙诗句：

独坐池塘如虎踞，绿荫树下养精神。
春来我不先开口，哪个虫儿敢作声。

村口还有驿站，虽是重修之物，修旧如旧，古风犹存，往日的格局还在。木门两侧对联，言辞浅白，有俚俗气，难得贴切：

邸书飞传众官员暮留朝去，

马铃振响诸伙计迎来送往。

好一个暮留朝去，好一个迎来送往。人生不过暮留朝去，人生不过迎来送往。

驿站门前，驿道俨然，青石铺就的道路，千百年来，被朝暮来往的脚板磨得光滑。漫步驿道，风吹过野草，一头撞上前世的自己，时间深处的美一时让人凝眸陶醉，不知如何言语了。

二〇二一年五月二十五日，澄迈

集石为舍

　　精神健旺为矍。那些火山岩灰石经海风蒸荡而为秀石，又峭拔又清奇。

　　石为地之精、山之骨。石矍村人集石为舍，以火山石垒砌房屋，虽是几百年前旧居，骨气洞达，爽爽有神力有匠心，得了好筋骨，巧夺天工。更难得地脉有灵，千百年地气流传，几口古井甘泉不绝。井水比村前饮马湖水位来得高，村中地下有泉水，几十亩池塘从未干涸，水质亦好，近前看，目力及处，可见淡水螺轻轻蠕动。古人说盛德在水，水是地之血气，如筋脉通流。一时感慨村中冯氏先人择得好地，地灵出俊杰，人也是地里的庄稼，行走的庄稼。

生平见过石头无数，有石头像游龙戏水，有石头若凤舞九天，有石头如马放南山，有石头似眈眈虎视，有石头俨若庭前望月，有石头仿佛小院看花。石矍村的石头近乎布袍儒生，俊眼修眉，顾盼神飞。

古韵留存的石屋，处处是过往的气息。走进几户人家，堂屋木板横梁用材很好，偶见木雕精美可人，石槽石臼保存完整。阳光自围墙外照进来，门楣贴着春节的红符，颜色不失光鲜，老屋一时喧然。青葱的藤萝与荒草，肆无忌惮爬满历经沧桑走过岁月的老墙。

冯氏先祖相传，当年冯宝之妻冼夫人奉诏出巡，渡海来琼，不幸仙逝，最初安葬在石矍村附近，冯姓子孙在此定居，日出日落，已有一千四百多年的历史了。

村里还有将军第，纪念东汉大树将军冯异。"将军第"横匾笔墨不一般，"军"字竖笔直穿过顶，有上达朝廷之意，"第"字中间竖笔不接横画，是说冯异当年处事谦虚退让，不争功自夸，每每论功行赏，径自去树底乘凉，人称"大树将军"。门口对联言语气派，如歌如诉，行书圆润，温文沉实，依稀可见何绍基风采。

何绍基晚年号蝯叟、猨叟，取李广猿（古作猨）臂弯弓之义。作字握笔悬肘，非高手莫为，上溯高古篆隶，下至六朝南北名碑，底子却是颜真卿。这样的笔墨题写将军第门联，真贴切真般配。

在村里闲逛，有户人家喜联浩大，说的是：

　　诗经云钟鼓乐之，周易曰乾坤定矣。

一时觉得这个小的村落不独古韵流传，更有斯文在兹。

入得巷口，地上埋有龟形风水石，石龟之首直对一口古井，所谓龟龙弹门，出入平安。麟凤龙龟为远古四灵，《述异记》说寿五千岁谓之神龟，寿一万年曰灵龟。这村口石龟何止万年，几可称为仙龟吧。仙龟者，显贵也，天意昭昭，石龟呈祥。

石屋几百间，梳状形围饮马湖而建。石巷十来条，狭长而幽深。交通阡陌，纵横交错，人在其中流连，老屋恍如旧影，石巷的脚板石真能照出人身，千头万面都像被时间铭刻其中……总觉得那些老房子的窗棂后有一双双好看的眉目，流动着情意。情意是诗，曹操的诗，文眼在"山岛竦峙，秋风萧瑟"上。

时当炎夏，村后野菠萝生得茂盛，与村口大榕树遥遥相望。榕树一木成林，倾倾如盖，到底祖荫厚重。一树野菠萝龙威虎振，树叶层叠有序，螺旋向上，有运转、鸿钧之誉。童心大起，寻长枝击落一枚野菠萝，倒提而行，犹如小儿得饼。树荫下，传来温凉的一道海风，卷过衣角，又漫不经心消失在远方。正午阳光透亮，墙上巨大的红福字倒是鲜艳了一些。

二○二一年五月二十六日，澄迈

快雪时晴帖

上午去南海博物馆，车到博鳌，一场大雨兜头而来，天空却晴朗着。一边日头一边雨，道是无晴却有晴。

傍晚，朋友发来一个人收存的《快雪时晴帖》照片，自称是大藏家。那人信誓旦旦说是古本，说明日可得空一观真迹，机缘难得。

机缘难得，我只好谢过。

此事或可入得笑话集。笑话集也不敢如此笑话。

只是这个笑话并不好笑，更无话好说。

《快雪时晴帖》经魏徵，传于褚遂良，宋朝到了苏舜元、苏舜钦兄弟之手。后转入米芾怀中。南宋入高宗内府，元明时也流传有序，后入清宫，乾隆将此帖与王献之《中秋帖》、王洵《伯远帖》同贮于养心殿温室，是为三希堂。乾隆珍爱《快雪时晴帖》，说神乎其技，天下无双，古今鲜对，誉为"二十八骊珠"。我却不喜欢此帖。觉得没有魏晋的气韵。

一夜无话，但得好睡。

二〇二一年五月二十七日，海口

去火山口

午后与友人李宁去火山口公园，天气极热，步行几十步，出汗如浆。迎面一妇人汗水浸透妆容，粉底如屋露痕，遮不住肤色。行至半腰，路边小摊有椰子，两人各自抱得一个，畅饮而尽，身体方才得了些许清凉。

当年火山熔岩流动冷却而形成玄武岩块，形状百态、大小不一。岩块流过，是火是热是毁灭。公园至今还有岩溶流淌的遗迹，如波似浪，当日定有一番骇然景象。火山喷发，隆隆声响中，只怕地面也震得摇动。

火山口不大，方圆百米左右，有小路可绕行一圈。此地为海口海拔最高处。进得火山口，只觉得闷热无比，游人多不愿久留，匆匆下山而去。

清人吴振臣见过火山爆发，晚年《宁古塔纪略》一书中录见闻道——烟火冲天，其音如雷，声传五六十里开外，昼夜不绝，火山口中飞出来的皆黑石硫磺之类，经年不断……热气逼人三十余里。

《逸周书》认为人强胜天。实在，人胜不了天，只能顺应。天地之威，所谓山崩地裂，人力不过螳螂两臂。古人上祭天，下祭地，为国之大祭。旧俗结夫妇礼，第一要事是拜天地。

二〇二一年五月二十八日，海口

过打铁巷

连连奔波，颇感疲倦。

未出门，读书，饮茶半日。养一养静气，文章静中来，此诀不可忘也。

午后去骑楼，过打铁巷，相传古时有几家铁器作坊，每天叮叮当当打铁声不绝于耳，因有此名。

走进打铁巷，民居新旧混搭。市井声音喧哗，人间烟火，抚摸得人心熨帖，当初的打铁声早已销声匿迹。是最寻常的小巷子，入目皆是老旧的房子，夏日光照也变得老旧，散发出梅雨气息。藤萝野菜，爬在苦楚的老墙，欲说还休又肆无忌惮。一些老人迎面走过，历经沧桑的脸不动声色，写满了往事。

小时候常去铁匠铺，四壁墙上挂满农具，锄头、犁、钉耙、斧头、柴刀……

铁匠铺是两间窄小的瓦屋，屋子里放个大火炉，炉边架有风箱，风箱一拉，风进火炉，炉膛内火苗直蹿。铁器在炉中烧红，拿钳子夹到大铁墩上，一人掌小锤敲打，一个握大锤锻打。不断翻动铁料，铁器渐渐成型。

打铁有古风，想起当年在洛阳大街上光着膀子抡锤打铁的嵇康与向秀，把时光敲打得叮当作响。

有邻人是铁匠，是同宗长辈，打铁铺子建在他家后山。偶尔路过，会听见锤声快乐地响起来了，和着春日的斑鸠，夏日的布谷，秋日大雁的声音，冬天时候，还有麻雀在铺子外的枞树上叽叽喳喳乱叫。铁匠敲小锤，他的女人抡起大锤，风箱不住地吹着，火焰吞吞吐吐向四周伸出，烧成赤红的铁块软软的像饴糖，铁锤砸下去，迸出丝丝美丽的又让人害怕的火星。火星飞溅在衣服上，日头久了，衣服留下了一个个小洞。村庄冷枯，铁匠铺永久不变的声音在乡村的静寂中响着，听在耳中有无限生机。天空是蔚蓝的，白色的云远远地在移动，一只公鸡带着母鸡在收割完的稻田里扒食。

铁匠后来暴病死了，现在回家，偶尔还可以看见当年他打制的铁器，上面有他的印，是名号"少林"二字，也有"胡少林"三字的。柴刀还在，砍柴人走远了。铁器还在，打铁匠走远了。铁匠死后，留下一对儿女。几年后，他的女人服药自尽，他的父亲也上吊死了。人间总有看不见的艰辛与苦难。好死不如赖活，最怕连赖活都活不成。

二〇二一年五月二十九日，海口

清补凉

静养半日。

午后小睡片刻，出去吃老爸茶。说是当年渔民水上归来，聚众饮谈，消遣时光，得一份悠然。茶客极多，耳畔人声嘈杂如闷雷。

又吃得一碗清补凉，清补凉的名字大好，不是清凉补，并非补清凉，偏是清补凉，所谓清净自然凉吧。

清补凉用料为绿豆、红豆、山药、莲子、芡实、薏米、西米、百合、红枣之类，也加入西瓜、菠萝、荔枝等水果，用椰水、椰奶、冰沙做成。一碗清补凉，化尽海南半天暑热。

傍晚时候去废旧的船厂，几艘铁船泊在海岸边，夕阳照过，尽是沧桑，又觉得老船还有万里之志。

　　烈士残年比美人迟暮更怆然。

　　美人迟暮老的是皮相，烈士残年，最无奈英雄气短，让人伤怀。

二〇二一年五月三十日，海口

博物馆

初看海南博物馆，觉得乏善可陈。到底是玉器文化与青铜文化印迹太深，这里是椰壳与海贝交织的文化，是沉香与黄花梨组合的文化。

沉香与黄花梨倒是熟悉。

文玩手串木雕之类，并不稀奇，我稀奇的是博物馆里那张黄花梨木的犁，还有黄花梨木的木桶。农人不以为意，大有境界。据说钱牧斋的一本杂记簿，被后人当作废纸用来练字。鲁迅的译作《死魂灵》手稿也曾被路边小贩包油条。无端地，我总觉得那油条带着文气。无端地，我觉得炸油条的是夫妇二人。妇人头上扎着白头绳，乌裙，蓝夹袄，月白背心，脸色青黄，两颊上还是红的。男子则圆脸灰黄，而且加上了很深的皱纹，眼睛周围肿得通红，头上是一顶破毡帽，身上只一件极薄的棉衣，浑身瑟缩着，双手又粗又笨而且开裂，像是松树皮。

看见不少张岳崧真迹对联、条幅，还有一帧楷书小品。字迹清秀，看得见人在宦海如履薄冰的小心翼翼。人在江湖，身不由己。身在宦海，更是身不由己。

岛上人常说张岳崧，引以为傲，赞扬是嘉庆探花，说他精于书法，与丘浚、海瑞、王佐并誉为"四绝"。

丘浚少年天才，官至文渊阁大学士，有明一代文臣之宗。海瑞是明朝著名清官，一生经历正德、嘉靖、隆庆、万历四朝，性格耿直，有"海青天"之誉。王佐家乡多刺桐，又称为王桐乡，为明代大诗人。从政二十余年，辗转州府，没有升迁，也勤勤恳恳，士民爱戴，有"仁明司马"之称，故"所居民爱，所去民思"，每一离任，当地人修建生祠来纪念。王佐晚年，归家与密友谈论诗文，优游山林，养花种草，著书自乐。得享高寿，活了八十四岁。

中国人喜欢四，人有四肢，左右手脚。书有四部，经史子集。字有四体，正草隶篆。地有四方，东西南北。天有四象，苍龙、朱雀、白虎、玄武。古代美人也是四个，仿佛除西施、貂蝉、王昭君、杨玉环之外，女人里再也无有颜色者。书法有宋四家、清四家，绘画有元四家、明四家。点心有四大味，菜中有四喜丸子。贺词说四季发财，出脱尘世乃四大皆空，身陷困境则四面楚歌。目标远大有四方之志，生活贫困谓之四壁萧然。漂泊无定者四海为家，偏远之地是四荒八极。完美无缺才四角俱全，分散零碎是四分五裂，天下安稳称四海升平，身子懒散则是四体不勤。国画里选了梅兰菊竹为四君子，《红楼梦》上的权贵之家为四大家族，连坏人营私结党也往往四个，劣迹或罪状也常常四大条。

走了一圈海南博物馆，异域风情，大有好感。

二〇二一年六月一日，海口

五公祠

走进五公祠，想起张岱《五异人传》序言："人无癖不可与交，以其无深情也；人无疵不可与交，以其无真气也。"与之交者有无癖疵，从来不以为意，倒以为——

人无正不可与之交，以其无慈悲也。

人无谋不可与之交，以其无进退也。

做人处事要知慈悲识进退，为文为艺也要知慈悲识进退。慈悲底色，人生安详，不过进退，不进则退，不退则进，进退如炼丹，难在炉火纯青。

张岱性情亦如《广陵散》，世俗风气大多是：

人无势不可与之交，以其无权位也。

人无钱不可与之交，以其无富贵也。

《增广贤文》有几句话言语浅白，道理也朴素：

> 穷在闹市无人问，富在深山有远亲。
>
> 不信但看宴中酒，杯杯先敬富贵人。
>
> ……
>
> 世上结交需黄金，黄金不多交不深。
>
> 有钱有酒多兄弟，急难何曾见一人。
>
> 三穷三富过到老，十年兴败多少人。
>
> 谁人背后无人说，谁人背后不说人？

五公祠里的五人，也可算作五异人吧。李德裕癖文章，官至大位，犹不忘著述，下笔谋议援古为质，衮衮可喜，以经纶天下为自家事。李纲癖疆土，说祖宗家业，当以死守，不可尺寸与人。赵鼎癖箕尾，作诗"身骑箕尾归天上，气作山河壮本朝"，为大义绝食而死。胡铨癖国事，起家招募乡丁，捍御金军，后来乞斩秦桧、孙近、王伦等人，不惜坐罪除名。李光癖读，手不释卷，家中蓄书数万卷，可惜子孙粗率鄙俗，不守家训，散于豪民之家。

唐人张读志怪故事集有记，李德裕召一僧问福祸，得知灾戾未已，当万里南去，却能还朝，因为他此生当食羊一万，如今才吃九千五百只，所以当还。李德裕惨然叹息，原来元和年间，曾做梦走到晋山，尽目皆羊，牧者十数人迎拜，说那些都是他的羊。十几天后，有客上门送来五百只羊，李德裕大惊，将此事告知僧人，以为不吃，可以免祸。僧人却说："羊至此，已为相国所有。"李德裕戚然无语，随即遭贬，往崖州，落得客死他乡。

五公祠中五人皆无意于祠无心于祠，自庙堂沦落江湖，江湖不弃，后世追慕，立祠以记，民间凡众心性如此浩荡如此庄严。立德立功立言，虽久不废，此之谓不朽。祠中诸贤，德、功、言，三不朽俱在。

五公祠始建于明万历朝，构建不大，当年房屋不存，经多次修缮。祠不大，砖墙瓦顶，藻饰无多，不甚华焕。祠内文物不多，碑刻牌匾不少，或刻前人诗文，或书后人赞语。

五公祠旁有苏公祠，据说苏东坡被贬来琼，曾借寓在这里，见当地百姓喝咸积水，有损身体，机缘巧合，开凿出浮粟泉和金粟泉。民国时，金粟泉被毁，余下浮粟泉。泉水甘美清冽，水面泛起小泡，状如粟粒，故得名浮粟泉。盛夏时节，浮粟泉泡茶极为清甜可口。当年旧井，现在还能打上水来。我来见时，物非人非，怕是无有往日之洁净了。可惜手头无杯盏，不然真想汲得井水回去泡茶。不管风味如何，好歹曾经有东坡手泽啊。

今天来五公祠的纷纷游客，与五公无关，人来这里看看或拜拜，见到的拜倒的都是自己内心。

祠中不少先贤雕塑，以今度古，想当然耳，却有一时心相。给古人造像，非遗其貌，是歌咏行径，颂扬精神啊。宋代马远造孔子像，以秃笔写生，韵味高古，夫子着长袍，拱手而立，沉静肃穆，若有所思。宋朝与先秦，相隔千年，那却是我心里孔子的模样。

明人笔记说，元世祖知赵孟頫文名，召他来见，见其丰姿如玉，照映左右。世祖心下惊异，使脱冠，见头尖，果然是俊书生。史书还说赵孟頫一进元廷，照耀殿庭，元世祖感慨他神采焕发，才气英迈，如神仙中人。赵孟頫传世自写小像，画半身，面圆微须，头戴一笠，身着月白氅衣，俊伟丰神，却不以为如神仙中人，到底泥实了。不如马远孔子像，有想当然的神采奕奕。

苏东坡应礼部试，作《刑赏忠厚之至论》，说尧当政时，皋陶掌管刑法，论某人罪，皋陶三次说该杀，尧帝却一连三次说可以宽恕。梅尧臣问典出何处？苏东坡笑：想当然耳。

想当然耳，作文之妙法也。

二〇二一年六月二日，海口

红树林

上午看红树林，坐船绕行一圈，迎面有风。

红树为胎生，红树种子不离母体自行萌发，长成棒状的胚轴。胚轴脱离后，掉落海滩淤泥中，数小时至几天就能生根、固着，自然定植为新株。被海水冲走，漂流几个月，甫入地，即扎根生长。海边潮水日夕涨落，红树只有如此，才能世世代代在海滩上繁衍生息。造物虽弄人，天地有大仁。

正午时分，暑热剧烈，阳光正在头顶，照不进船舱半分，独得清凉。

岸边的泥土上，不知何时蹿出一串青枝绿叶来，海水哗然，一股咸腥气，满目都是苍翠欲滴的树叶。

有些树颇大，蔚然深秀，遮住好大一片荫，人在船头上竟看得呆了。

红树枝叶青绿，并非红色，因为有树种之皮可以提炼红色染料，故得此名。古人称红树为茄淀、海豆，咸丰年《文昌县志》有记：

> 海豆，树丛生海沙中，二三月结子如豌豆。潮落取之，沸汤渍数次，去其心，可蒸食。

> 海胶淀，树高丈余，生海滨，菀成林麓。子圆而长，两头尖，调之得法亦可食。树皮可渍染衣物，色赤如胶。

孔子说人要多识鸟兽草木之名，然古人言及红树的文字到底太少。

二〇二一年六月三日，海口

走铜鼓岭

扶风郡茂陵县马援，勇猛过人，一生为光武帝刘秀领兵征战，西破陇羌，南征交趾，北击乌桓，累官至伏波将军，封新息侯，世称"马伏波"。

铜鼓岭素有"琼东第一峰"之称，十八座大小不同的山峰竞秀，层峦叠翠。据说当年马援在这里埋下过铜鼓，故此得名。走进山道，想起大前天在博物馆看见的铜鼓，近一米高，铸弦纹，束腰粗壮，鼓面径直三尺，正中有太阳纹，带八芒。鼓立在那里，不躲不藏，不偏不倚，昂然无声，敛起岁月的光，雄心还在。

青铜铸就的鼓，台风雷电中炼，烈日火炉里炼，炼就崚崚铁骨,炼出铮铮金音。一鼓作气,点点鸣金,有呐喊声,刀剑声,马嘶声,铁蹄声。如今一声声换作了风吹,换作了蝉鸣,换作了树叶响动。

说是山路,走着走着,就进了石径。入得古道时,移步换景,石有多面,面面不同,路如羊肠,无几步平坦。树常常去惹山途石径,俯下身体拦路长着,路人并不恼,低着头从它身下走过。回身看那树,仿佛有些惭愧自己的顽劣,竟生出几分羞涩。

山上石头极多,形体巨大,貌古,呈苍灰色。有石头像青蛙坐荷,有石头似老虎卧岗,有石头若战马昂首,有石头如牯牛蹲身,有石头近乎一座山,有石头俨然一洼水。

走得渐渐深了,登山道曲折嶙峋。虽是酷暑天气,不觉得炎热。几片蝴蝶跟随左右,挥之不去。鸟鸣在耳,只是心旷神怡,越发幽静,有乘风翱翔的念想。

遍山常绿季矮林,树冠稠密低矮,分枝低,树身多不挺直,且多主干,林冠交错。林下虽阴凉,却极少有附生苔藓，一些石头上附满了巢蕨和蜈蚣藤。

　　山中蝉鸣不休，迎面一只蜥蜴，长身细尾，头颈赤红，飞也似的穿过一片树叶，跃在石头上，又一个腾挪，如箭一样斜着射出去了。看得人一时兴起，健步如飞，一节节迈过台阶。不多时，汗水湿透衣衫。人累得狠了，形神俱疲，抬起一步也万分艰难，只好躺在路边石上歇息。一只极小的蚂蚁爬上手臂，钻进汗珠里，全身濡湿，左右不得，气息奄奄地挣扎着，心下一时歉然。

　　上得山顶，海景尽收眼底，顿时放空，入了前人"一纵登临目，苍茫太宇空"的诗境。海上聚起一堆云雾，鸿蒙沆茫。天空阴晦，不像平日清洁而澄澈，但多了苍郁与雄浑，胸襟也为之壮大。

　　三两个游客在一旁眺望，恍惚觉得其中站着一个古人，布衣长袍，手扶木杖，遥对大海的远处，远处是看不见尽头的洋洋之水。

　　清凉的海风吹来，通体凉爽，哪里也不想去了，迎风静静站着，有些呆住了。未曾见过如此辽阔的海景，辽阔到人如蝼蚁，辽阔到蓄意欺人，辽阔到无边无垠。

遥远的波浪一道道追着，从海上涌过来，临近沙滩时，变作白色的浪花，片刻即散。下一波浪花又迫不及待卷上来，一波接一波，一波波沧海桑田啊。

二〇二一年六月四日，文昌

宋氏祖居

　　上午去宋氏祖居，为宋庆龄姐弟的高祖、曾祖、祖父三代居住地。一家姐弟差不多牵扯出一部民国史，也是奇事。

　　祖居为翻旧之物，并无足观，好在旧年意思还在。屋舍坐落在一处平缓的山坡上，周围绿意成荫，环境极幽静。有风来，树上掉下几枚荔枝，拾起一个，果实拇指大，虽熟透了，入嘴还有些酸。仿佛是民国史，看起来颇诱人，稍稍深究，便看见其中酸楚。即便许多王侯贵族，花落结果，也不过是一盘酸梅掺入陈醋吧。

　　粉墨妆容后有我们看不见的泪痕，无关贵贱贫富。

祖居外有照片墙，人来人往倒也热闹，无非想寻一段民国旧事。其中有几张照片，真好风华。旧照的风华，让人向往也让人伤感，最是容颜留不住。人生什么能留住呢？古人说立德立功立言为三不朽，那是后世的不朽，和立德立功立言的人并无干系。到头来，任谁还不是两手空空。

两手不空又如何？古代王侯贵族下葬，怕死者空手而去，双手常常要握一件物什。远古先民以兽牙握在手中。商周时，王侯下葬多握贝壳，当时以贝为钱币。春秋战国时候，还有以璜形玉器，作为玉握的。汉代习俗，则是在长条圆柱上加单线条雕成玉猪，放置死者手中。猪肥壮，以示财富。几百千年后，尸骨片渣无存，玉握还在，到底握空。

不独手里有物，嘴里也要有物，放在死者口中压舌用。天子含珠，诸侯含玉，大夫含玑，士以贝，庶以稻。曾侯乙的口中居然含有二十一件小玉兽，有四件玉羊，六件玉牛，三件玉猪、玉鸭、玉鱼，两件玉狗。死后还心存一个六畜兴旺，这是古人的天真烂漫。

玉含以蝉最多。蝉蜕壳成虫前，一直生活在土里，出土后羽化。汉代人常以此来比喻人能重生，特制蝉形玉含，寓意精神不死，期盼肉身再生复活。后世出土玉含无数，再生复活的何曾见过一人。小说中人拿着一条烂石似的东西，在自己的鼻子旁擦了两擦，接着道："可惜是'新坑'，倒也可以买得，至迟是汉。你看，这一点是水银浸……"出土的殉葬的金、玉等物，浸染了水银的斑点，是为水银浸，又叫水银沁。

宋氏为豪门为望族，不到百年光阴，也烟消云散沦为平常。像一件精美的瓷器用力摔向地上，四分五裂，再也拼不拢了。友人说了一句"彩云易散琉璃脆"，不知道是不是也在感慨这好物不久。

离开宋氏祖居，去了文城镇张云逸纪念馆。两封家书手稿颇耐人寻味，给儿子的一封信：

你学院春节是否放寒假，如放假，大家都望你回来度假。

今冬你妈妈的病只发一次，不甚重，早已好了，家里各人均好。请勿念。祝你进步。

云逸

一月廿三日

而另一封信结尾说："你有空就写信给我们好吗？"这句大白话的结尾，多少叮咛，多少关怀，多少期盼，更有为人父斩钉截铁、温情款款的爱，有春色满园的情意。这句话也有好文章的质地，剔透如水晶，其中情绪，让人低回。

傍晚时候，精神疲倦，一头倒下睡了两刻钟，醒来方才心神归位。

食得三枚芒果，一口口灼灼其华。

二〇二一年六月五日，文昌

捻字为香

　　忘了具体年头，只记得午后的风很凉，不时吹动窗纱，一棵很大的桂花树露出茂密的枝叶。几个人端坐闲饮，新嫩的绿茶，芽头在杯中游荡，状若祥云。那天兴致很好，谈诗论文，友人感慨难得东坡诗文俱佳，李白文不如诗，韩愈诗不如文。抑或学问太大，堵塞才思？

　　欧阳修说诗人少达而多穷，世上那些传下来的诗句，多出于穷人之辞。宁愿不要诗，也不想穷，或许穷怕了，穷日子难过。穷苦出诗人？是不是泄露天机，遭来天谴呢。陆游云："稚子问翁新悟处，欲言直恐泄天机。"怕泄天机，却泄天机。诗家命运如此，夫复何言。古有手艺者，传男不传女，而诗之道，如帝王术，男女不传。

文章本天成，天成三分吧，地成三分，还有人修来三分，剩下一分靠勤勉。真正天成的是诗，自有一段天机。庄子说，嗜欲深者，其天机浅。欲海无边，回头是岸，今宵酒醒晓风残月的杨柳岸，或许可得三五句诗。平生所憾无诗才，倘或得诗三五首，穷也穷得风雅。穷虽穷，家中还有三担铜。

第一担铜：铜龙看却送春来，莫惜癫狂酒百杯。

第二担铜：铜雀台荒坠瓦空，高流磨墨写圆通。

第三担铜：铜仪一夜变葭灰，暖律还吹岭上梅。

三担铜里有文章与人生的三层境地。

岭上梅比坡上梅风雅，翻山越岭，抬头见梅。抬头见梅如抬头见喜，大喜过望。游文昌孔庙，看见后院的庭树，心想该有两株梅，最好是老秀才手植。

过棂星门时，忽然有所感，折回去，又走了一次。棂星，灵星，即天田星，后人还说棂星是天镇星、文曲星、魁星。古人祭天，先祀灵星，祈愿五谷丰收。后人移用于孔庙，象征尊孔如同尊天，也或许希望文字之谷多收得三五斗。

文昌孔庙宋时所建，距今一千多年，倒立修补，也不知道几回。到底立住了，现今孔庙为木石结构，红墙绿瓦，古朴典雅，也简洁也庄重，置身其中，有肃穆感。肃穆就好，好文章的底色之一。

孔庙里有学宫书院，房舍高大。在屋子里站着，仿佛有往日的读书声，风声雨声都淡下去了。

去过很多孔庙，印象深的有永州宁远文庙，前几天刚游过临高孔庙。老家安庆府有桐城孔庙，多年前与友人同游过。桐城很久未去，桐城文章也很久没读过。偶尔有幸，吃到地道的桐城水芹，脆嫩爽口，清香且余味甘甜，放肉末或肉丁，又丰腴又清瘦。人生之美，不过文章饮食，饮食不空，文章不空。故地农夫心性，只将饮食为天下第一等要事，落喉入腹为实，余数皆空。

进得大成殿，拜了拜孔子，祈愿人生小满。人生小满即可，不必大成，小满即是大成啊。见一奇联，演义孔子事：

　　　　空树藏孔，孔进空树空树孔，孔出空树空树空。

　　实在，孔子进也好出也罢，空树皆为空。

　　孔子在，在孔庙，更在后世万千读书人的心堂之庙。捻字为香：

　　第一炷香敬苍天。天道无私。

　　第二炷香敬厚土。土生万物。

　　第三炷香敬神圣。神圣日月。

　　第四炷香敬先祖。祖恩浩荡。

二○二一年六月六日，文昌

访古

南海博物馆远景看来像一艘船,取义"丝路逐浪,南海之舟"。

博物馆内庭多建得高阔深邃,入得其内,有种空茫感,觉出小我之微。那种小来自空间的对比,也来自时间的压迫。

见到了很多瓷器,心想它们躺在海里,或深或浅的海水日夜浸泡着,过了上千年,过了几百年,时间与海水一起给了它不同的颜色不同的况味。出水包浆与出土包浆完全不同。

元青花是传奇里的善本,烧造时间不长,留存于世的更少。元青花纹饰构图丰满,层次多而不乱。

那些完整精美的青花瓷瓶当然美艳不可方物，但给人触动不深，格外触目惊心的是一堆元青花瓷片。依稀可见的璀璨灿烂，在一个风高浪大的雨天沉入了南海。更残酷的是一船好男儿，他们的呐喊被浪头打去，微弱得仿佛蚂蚁。有人在掌舵，有人在祈祷，有人惊慌失措，有人心冷似铁，但我知道，不过片刻工夫，一艘船就被打碎了，一船人卷进了风浪里尸骨无存，只有一堆瓷片见证那些过往。

水下文物与土里文物不同，不敢深究，不能深究，每件器物背后都是惨绝人寰的海难，风吹浪打去，了无一人还。那些望海的老人、女人，还有孩子，他们是父母妻儿，再也等不到扬帆归来的那个人。

每见古物，总能让人心收起来，低下去，油然多了正心诚意。海捞古物除此之外，还让人难过，为生命的无常而难过。

博物馆里有两个展览：

南方有佳木——海南黄花梨沉香体验展。

故宫·故乡·故事——故宫博物院藏黄花梨沉

香文物展。

　　海南的黄花梨、沉香历代为人所重，在岛上承天养地护，享雨露恩泽，各成其材。它们走出海南山里，一路辗转到了匠人之手，再远行至京城，入住帝王家。风风雨雨，古物无恙。不禁想起书上读过的情节。某户人家男子，行旅游学，步履开阔、人气健旺，遭来多方嫉恨，不时有秽言凶讯传回故地。家人塞耳还有杂音，闭目魇魔依旧在前，久而久之，以为那人早已殒灭旷野，虽难过揪心，只得狠狠割舍，弃绝记忆，每日言语都避开谈论那个未归的人。岂料某年某日黄昏，屋外步履纷沓，笑语欢腾。家人窥之门缝，只见当年远行的男子，器宇轩昂，从者如流，浩荡肃穆，恭立门外。家人急忙开门相拥，拭泪相问，才知道这么多年他浪迹宇内，周济天下，一路伤痕斑斑，而身心犹健。家人烧水为沐，煮米为食，裁布为衣，整榻为憩……

　　这些黄花梨，这些沉香就是那户人家的男子啊。漂泊了几百年，终于回来了。

一些水下文物让人想起以前看过的欧美小说的插图，也想起波涛、船舶速写或版画、油画、水彩与摄影，还想起南粤风情的旧照片与连环画。不同的是，那是在纸上，不如博物馆里活生生来得真实。

有幸见到几枚高古器。其中有三枚玉璧，皆为两千多年前的旧物。玉璧内外边棱皆凸起，两面皆有凸浮雕满饰纹，纹饰不同，有谷纹，有勾连云纹，有蒲纹，琢工精细，两面纹饰相同。一枚周身遍布黄、褐、白三色土沁，一枚石化严重，原本的玉质被遮盖，璧身有断粘痕迹，一枚玉璧品相如新，玻璃光依旧透亮。

另见得一件三叉器，形状如山，下端圆弧，上端分叉，中间略短，左右平齐，整体黄白色，正面是稍有弧凸的平整面，阴刻兽面纹，浅刻工艺细腻精湛，令人叹服先民技艺。还见青玉素面圭，腰身狭长，方首平端，一端有锋，触手犹有利刃感。圭多为古人朝聘、祭祀、丧葬时所用的玉制礼器。

最珍贵的是汉鎏金铜框镶玉樽，外表饰勾连谷纹，侧附铜耳，直口，短把，带盖。盖有花瓣状钮，掀开看看，杯体通直圆筒，底座下有四鸟足，底面有同心弦纹及勾连谷纹。高古纹饰里最喜欢谷纹，像刚发芽的种子，粒粒饱满，寓意极好，有丰收的期盼。前些年请玉器行新制了一枚和田玉谷纹璧，戴了很久，女儿喜欢，挂在脖子上，至今日夜不离。

得见宝物，好福气。好福气在大饱眼福，有人存得《瘗鹤铭》拓本，兴致大好，说眼福足补腰膝疲。眼福比口福格高，也不尽然。近来吃得几回烧白菜，松、软、脆、嫩，有春阳、夏露、秋水、冬霜风味。

馆长辛礼学先生是皖人，其名有儒家气，经师气，谈古极好，深入浅出，仿佛听旧人话本。很久没有看话本了，前几天在友人家见影印明刻本《拍案惊奇》，勾起旧事，那本书是我少年时候的玩伴。

二〇二一年六月七日，舟山

百花岭

阳光大好，走进山道，顷刻遍体清凉，周身仿佛一绿。润湿的绿，仿佛能溢出来，草叶、树叶，一切叶子都透出油油的绿意。仰头看树，高高在空中，直勾勾往上长着，太阳想照下来，也只有趁风吹动树叶露出几道缝隙，才得以洒下几点光影。

远远地，看见了那道瀑布。一湾水婉约如玉带，轻柔柔从高山上流下来，像有不忍之心一般，只是清浅而下，生怕惊扰了花花朵朵，婉约得像柳条。植被大好，可惜多不知其名，似曾相识燕归来的感觉是有的。这感觉无非是草木气息，草木有别，气息雷同。

人在草木里，总有倦鸟回巢感。生在乡村，童年时候草木是最亲密的伙伴。孩子心性，在树丛草窝石洞出没，沉迷野趣。

越走越高，沁凉感越来越浓。想起小时候夏天夜晚坐在池塘边乘凉的时光，又想起雨后荷叶滚动的水珠。蝉声嘶力竭乱叫着，一只蝉停在路边的树上，颇肥硕，虎背熊腰，他乡少见也。

山里尽是树，有大树有小树，有高树有矮树，有枯萎老去的树也有欣欣向荣的树，还有千年以上的古树。有些树交缠太紧，风吹过，喋喋作响，像怪鸟长鸣，令人咄咄称奇。有些树极其威严，独木成林，亭亭如殿，人见了只能仰视，真觉得这就是树神，凝住了千百年的时间。而更多的树，是纤细的，年轻的，腰身挺拔地努力生长。也有或仄或卧的树，悄无声息地阴郁着惆怅着。

太阳渐渐向西斜，山里暮色四起。但我并不像往常那样感觉到太多的阴气，或许是那些藤条如龙的缘故，龙为至阳之物。有满山的龙守着这百花岭，外道不入，诸邪莫侵。

　　上了一趟百花岭，在山道上走着，在溪水边走着，在树林里走着，走着走着，恍惚变成了一棵树，是一棵罗汉松。少年时候，每日都要路过一棵罗汉松，松针结实，松枝紧实。那天在海边，人说对岸就是南山，想起做孩子时候见过的对联：

　　　　福如东海长流水，寿比南山不老松。

二〇二一年六月八日，三亚

▲ 顽石一心无挂，六根清净，并无生死心。人害怕死，体悟出活之美好，才写下了这活石二字。活石，活的是人。

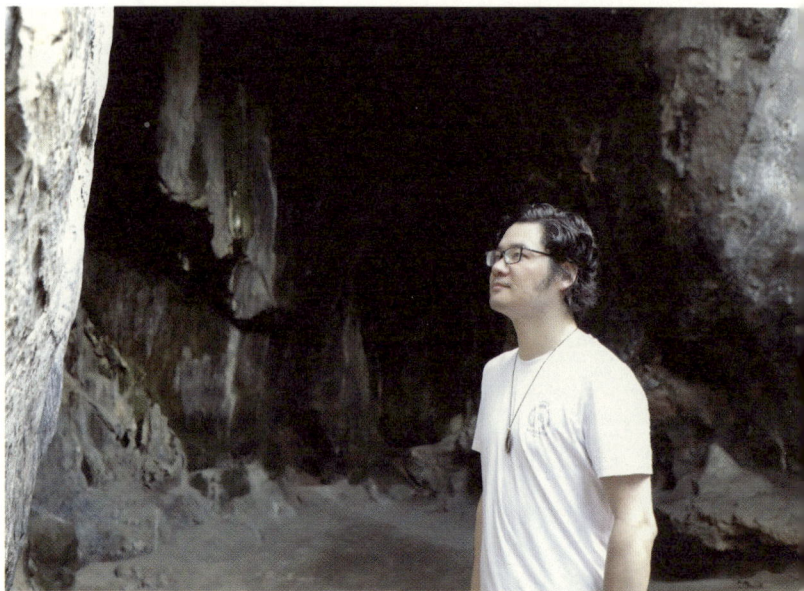

▲ 在落笔洞。

一勤天下無難事

百忍堂中有太和

岳崧

张岳崧书联。

▲ 在文昌文庙棂星门前。文庙修棂星门，象征祭孔如同尊天。

▲ 崖州码头，有船又要起航了，有船刚刚归来。

过海宿鸭公
夜半到飓风
沙涛入枕套
凉雨瑷衿中
饭碗总作瓢
臼水十几桶
斗室两汉子
一龙一竹峰

二〇二一年辛丑夏
南海之行打油
以记芳赠竹峰

醒龙

▲ 刘醒龙先生赠字。

▲ 船舷眺望北礁。

▲ 海上看月，越发有冷清感。仿佛天上只有一轮月亮，地下仅剩一个人影。夜里独坐船头，海浪不息，偶有鼾声传来，才知道此岸此时。

▲ 鸭公岛，一眼望穿东西南北。想起庾信说的，一枝之上，巢父便得栖身。一壶之中，壶公就能安居。

▼ 全富岛外的礁盘，赤脚走时，并不平稳，要避开锋利的石头。

▲ 海钓所获。鱼认识我，我却不知鱼；鱼焉知我，我更不知鱼。

會稽尊候萬福承待次維

楊想必迎

侍過浙中也置興慶廳旬

旬日二十向必於姑蘇奉

見矣莫且

涅容

惇白

▲ 章惇《会稽帖》，字风二王，秀美不失棱角。通篇精神饱满，行笔流畅沉着，骨架劲挺丰腴。

▲ 王祥夫《荔枝蜻蜓》，荔枝极入画，有吉祥寓意。我乡夏日傍晚，漫天蜻蜓飞舞。

赵孟頫 绘东坡竹杖图。

轼启。前日少致区区，重烦
诲答，且审
比来履兹盛胜，感慰兼极。
归安丘园，早岁共有此意。
公独先获其渐，岂胜企羡。但恐
世缘已深，未知果脱否耳。
一见少道宿昔之恨，人还布
谢不宣。轼顿首再拜。
子厚宫使正议兄执事。
十二月廿七日

▲ 苏轼《归安丘园帖》，又名《致子厚宫使正议》。

中卷

南溟

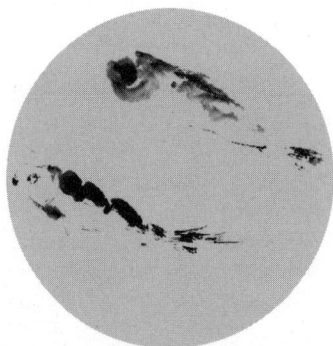

出海

连日疲倦，上午在三亚歇息，睡至十点方才起床。

午后自崖州出海，船慢慢驶出海湾，冲进大海。沿着陆地山脉线走，海水的腥咸味极冲，像风一样在鼻底狂飙乱窜一气。

行经半日，一侧远山始终跟随身侧，像一幅没有边际的古画，不断连绵抻长。傍晚之后，渐渐驶入深海，那些山脉慢慢变成极淡的一条长线，缩小到一个点，最终被地平线吞没，消失在海面上。举目张望，四周都是海水，再无他物。船高低起伏，在海里压出一道水痕，水花像一锅煮开的水，沸腾跳跃。航船走得远了，水花方才散去。

人只能在船舱、甲板两地活动。第一次进入深海，感觉颇新鲜，满目湛蓝，水深已过千米，诡秘清幽。人在船上看着，只一色而已，盖住了海底别有洞天。没有风，水面海浪卷起两尺有余。偶尔风大，船晃动不已，平躺站立皆有波动感，侧卧而息，身体方才稍微安稳一些。同行三五人晕船，我也略有不适。起心读书、写作，十几分钟即觉得目眩，不敢继续，索性睡了片刻。

海上天色与陆地不同，傍晚六时，兀自艳阳高挂。云霞极安静，光照过，虽灿烂却也安静，或许是心境的缘故。

晚饭有四道菜，只觉得四季豆和生菜清爽，另外两道荤腥，并不敢伸筷子。

船中无事，取得随行的《水浒传》，多年未读了。如今再看，中间的书事竟忘了，仿佛没有重读过，只记得第一次读到此书的情景，书页里跃出无数个少年的场景。近来整理床铺，枕上常见落发无数,揽镜自顾,鬓角白发又多了几根,不禁蓦然惊心。我知道少年走远了,虽然心里还有他,也只能是偶尔的挂念吧。

船尾轰鸣声听得只是聒噪,海浪拍打船舱声哗然,一夜耳中不休,有不同的风味,听着听着,不知今夕何夕,沉沉睡了过去。

二〇二一年六月九日,南海

北礁边上

　　船行不息，在南海走了一夜。

　　晨六时起床，脑目一新，精神亦好。昨夜睡眠甚佳，一场好睡胜过三顿美食。美食的诱惑，让人馋涎欲滴。岁月增长，馋心淡下去，禅心涨上来。也有天赋异禀者，垂暮还是老饕。古人觉得眉毫不如耳毫，耳毫不如项条，项条不如老饕。此言语是说老人虽有寿相，不如善饮食者稳健。

　　"脉然睡觉如天远"，忘了是谁的词，枕畔想起，觉得自己就在那天远之地脉然睡觉。

　　昨夜下了雨，日出后，船头挂着一弯彩虹，七色嫣然，引得众人惊奇，觉得吉祥。在故乡见过一次彩虹，横跨两山之间，像一座雄伟的大桥。三十年了，还记得那彩虹的辽阔。

不知昨夜何时抵达北礁，醒来但见船停泊在一旁，慢慢悠悠地，风吹着轻轻晃荡。海与天空相连，礁石未露半寸。

阳光极好，照得人火辣辣的，身心都不耐烦。不敢在甲板久待，在阴凉处续读《水浒传》。看到林冲的故事，先是风雪山神庙，后是雪夜上梁山。头顶是南海的烈日，书里一场宋人仓皇的雪，一幕话本强人的雪，在纸页间一下六百多年。只可惜雪景笔墨粗疏了一些，大概说书人身在南方，对北国大雪天气感受不深。

北礁又名干豆，周边海域浪急暗礁多，是南海著名的险区之一，古今不少航船在此触礁沉没。

古人出海远行，备有《更路簿》，在博物馆见过几件渔民的手抄本。有人说"自大潭去干豆，壬丙兼二线，己亥，十三更收"。还有人说"自三峙下干豆，南风甲庚，北风乙辛，三更收"。言辞寥寥。前人借罗盘定方位，借此航行指南，是为孤籍，秘不示人。其中实有一份大艰难，要查海况，要观天气，要知人情，要测风向，要通物理。

遥看北礁，晶莹剔透，颜色与深海域大不同，如一翡翠勒子横在那里。礁盘水浅，泛着碧绿。

一船人坐等海水退潮，舟中众客悦然携鱼竿垂钓去也。得各色海鱼，大小不一，有香蕉鱼、红石斑、花石斑、连尖、红鲷、剥皮鱼……

海鱼面貌与陆地淡水鱼迥异。花斑入目温润，红鲷颇可人，连尖有怪相，侧扁，体态稍长，头长与高度相近，吻尖亦长。其他鱼种各自体态。

饭事有鱼汤，各类鱼混在一起，炖烂成汤，放了葱花、盐，做不得法，也串味了。也许不过口味习惯而已，倒是觉得有些委屈了好食材，所谓暴殄天物，无非如此这般。尤其可惜两条红石斑。

粤菜里红石斑用来清蒸，放葱、生姜、盐、油、白糖、花雕酒。起锅后，将油烧热，浇泼鱼身，倒入豉油和胡椒粉即可。鱼肉包裹着清淡的酱汁，恰到好处，触舌即化，入嘴瞬间有种懵懂错觉，一丝丝嫩滑，仿佛打开了海底澄澈的世界。口味有别，彼之砒霜，吾之蜜糖，彼之蜜糖，吾之砒霜。此番南行饮食，常有食材，多无烹饪。

天象略起变化，欲来大风，等不到退潮，上不得北礁，众人只好继续前行，傍晚时抵甘泉岛。一艘舰艇在几箭之遥，白色的船身在夕阳下有乳色的安宁。船尾又见彩虹，小小的一弯，颜色比早晨暗淡些。

人在船中，约束拘禁，不畅其行，腹中居然饥饿感更甚，此真真咄咄怪事也。

二〇二一年六月十日，南海

一日有雨

昨日午后起，一直在下雨，听不到雨声，被船尾轰鸣盖住了。傍晚起灯，海上浪也大、风又急，光亮中见雨丝吹得歪歪斜斜不成线，乱纷纷慌慌张张扑下来，好像一场初冬的细雪。也许是手头在翻阅《水浒传》的缘故，中年心境再看这本书，哪有快意，看到的都是恩仇都是雪意都是江湖都是算计，常常不寒而栗，不能深究，不敢深究，不想深究。

《水浒传》只能浅读，深读乏味，处处凶险狡诈，最没个意思，浅读如睹传奇，有快意恩仇。《三国演义》切须深读，浅读只见热闹，不论究竟，不懂个中三昧，深读才识人心，通权谋，明历史。

准备就寝，忽然觉出雨意。推门一看，原来雨大了，打得水花四溅，有故乡黄梅时节的沁凉感，又像烟雾缠绵的江南四月，天气的变幻令地脉也变了。再看海上，目力不过数丈，四周黑漆漆一团，不辨东西南北，只知上下左右。隔舱有人鼾声力透船板，与浪潮一拍一合。

晨起随行一人钓得大红石斑鱼，目测足足四五斤重。鱼张嘴吞吐，翻卷身体，有难耐状，在一旁看着，心下一时恻然。心想这一灵性之物在海中不知道游行多少年，养得好一身肥膘精肉，到头来却祭了人的口腹。有人钓得两条寸长的石斑鱼，弃之不可惜，食来并无味，央其放生水中，人家同意了，方才轻巧巧将小鱼丢入海中，顷刻沉底头也不回地游走了。希望它此去经年，能有好命，悠游无虞，在这洋洋大海中颐养天年。

欲上甘泉岛，风却大了，一时半会不得停歇，人难以靠近，遂起船又行，前往鸭公岛。有一时船身摇晃剧烈，卧靠床头还是觉得颠簸难耐，好在晃晃动动中沉沉睡了过去，醒来船已经停了，几个岛屿在望。

　　早晨钓上岸的红石斑早已磔解成片，如雪似玉，有老象牙的色泽，以竹签擎了，蘸醋汁芥末食之。到底是鲜物，肉质新嫩细软，在舌尖有丝绸的光滑，还有凝脂一般的温润，淡淡的清甜弥漫唇齿，一时词穷，难以形容。晚清时王韬初到法国，见人食鱼片，活剥生吞，几难下筷子。三天后晨起，忍不住购得一盘，据案大嚼，觉得美妙。饮食之道，不执不贪不弃、随遇而安最好。万物为食，是天性，也是男女大欲所在。有人戒除荤腥，三餐茹素，固然心性了得，也不必以为肉食者全然鄙陋。

　　下午天空飘雨，暑气尽消，肌肤觉出凉意。细雨潇潇落在船上，落在茫茫海域，水面波涌之外，又多了无数细密的涟漪，一小圈一小圈荡开。三两只海雕绕船飞行，在水上俯瞰觅食，几回俯冲，双爪落空，不得口食。有只白头黑躯的海雕一头扎进海里，在水面挣扎了片刻，以为它能捕获一只大鱼，岂料还是落空，那物怏怏起身飞走，貌有落魄恓惶状。海雕属于鹰一类猛禽，虽是懒懒飞着，也有昂藏气，王侯气。雨又下得大了，风卷着雨滴，砸在船舱上砰然有声。

二〇二一年六月十一日，南海

附记：

　　雨中读《庐山游记》，是民国老版本。著书人当年所见亦此书，忽有亲近感。封面胡适先生亲笔题签，有一些俏皮有一些周正，真好看，说不出的雅气。文章更是朴实，娓娓道来，很平和很舒服随意地讲述时光的重量和日常，点滴中看到一个真实生动的人。写庐山雨，文字剔透如水滴露珠，淡淡的欣喜淡淡的美文：

　　　　昨夜大雨，终夜听见松涛声与雨声，初不能分别，听久了才分得出有雨时的松涛与雨止时的松涛，声势皆很够震动人心，使我终夜睡眠甚少。

早起雨已止了，我们就出发。从海会寺到白鹿洞的路上，树木很多，雨后青翠可爱。满山满谷都是杜鹃花，有两种颜色，红的和轻紫的，后者更鲜艳可喜。去年过日本时，樱花已过，正值杜鹃花盛开，颜色种类很多，但多在公园及私人家宅中见之，不如今日满山满谷的气象更可爱。

胡先生有感而发的诗作也颇可喜，有烂熟之美：

长松鼓吹寻常事，最喜山花满眼开。

嫩紫鲜红都可爱，此行应为杜鹃来。

游记中，胡适考据癖大发，替庐山一座塔作了四千字的考证。有人不喜欢胡适的考据，胡先生说，对他的《〈红楼梦〉考证》这样大生气，若读了这篇《庐山游记》，一定要气得胡子发抖了。相别多年，不知留了胡子没有，待下回见面时考证。

胡适说："我为什么要替《水浒传》作五万字的考证？我为什么要替庐山一个塔作四千字的考证？我要教人知道学问是平等的，思想是一贯的，一部小说同一部圣贤经传有同等的学问上的地位，一个塔的真伪同孙中山遗嘱的真伪有同等的考虑价值。肯疑问佛陀耶舍究竟到过庐山没有的人，方才肯疑问夏禹是神是人。有了不肯放过一个塔的真伪的思想习惯，方才敢疑上帝的有无。"

胡适倡导平等，推崇言之有物、明白清楚的文风，说文章第一要懂文法，第二要把意思表达出来。作诗是如此，作文也是如此。说他背了几千遍杜甫《秋兴八首》，总觉得有些句子是不通的，"闻道长安似弈棋"这一句就不通，"王侯第宅皆新主，文武衣冠异昔时"这一联还可以；但接下去的"直北关山金鼓振，征西车马羽书驰"，就说到别的地方去了。胡适一辈子写白话文，古书也读得多。读其晚年谈话录，老先生随口议论古人古文章，真好看：

　　明朝有前后七子的关系，归震川是以提倡古文运动而出名的。其实他的文章是很陋的，没有东西，没有见识，只是在那么一个小地方的浅陋的见识。在他同时代的钱谦益、顾亭林、黄宗羲、袁氏三兄弟（袁宏道等），甚至以后的袁枚，都比他写得好。钱牧斋书又读得多，比他高明得多。像王阳明，他不是有意做文章，而文章做得好。崔述、王念孙、王引之父子都有东西，也不是有意做文章，而文章做得很好。他们都是有东西，有内容的。韩退之提倡作古文，往往也有不通的句子；他的学生皇甫湜、孙樵等，没有一个是通的。但白香山的文章就写通了，元微之也写通了。在唐宋八大家里，只有欧阳修、苏东坡两人是写通了。

　　一辈子温煦的胡先生居然如此刚毅如此挑剔。

胡适笔下总让人觉得熨帖、家常，有种温和的力量。前日读书，书中人到厨下拿出碗筷，托出三菜一汤，两大碗热气腾腾的白米饭。三碗菜是煎豆腐、鲜笋炒豆芽、草菇煮白菜，那汤则是咸菜豆瓣汤。虽是素菜，却也香气扑鼻。仿佛胡先生的文章滋味。

年轻时候追求辞藻华美，追求幽静险僻怪异，现在作文，只想言之有物、明白清楚。

日常里，读一点胡适，他的剔透我喜欢；也要读一点鲁迅，其文本有一种苦恼的、化不开的积郁。像独自一人翻过荒地走过原野，前面却是无人的冬日树林，天色阴暗，云是灰黑的，好像有一场寒雨来临。

海上大风

　　《道德经》说"飘风不终朝，骤雨不终日"，老子是中原人，长居北地，北地风雨来去匆匆，至今依旧"飘风不终朝,骤雨不终日"。老家每年梅雨季，连阴雨一下一个月。未料南海的风雨也能终朝终日。

　　风大雨大，搅得难以入睡，靠在床头听风声听雨声。似醒非醒，哗然水响，响声越来越大，开灯发现船舱进了雨，有一脚深了，鞋袜漂浮起来，在室内游荡。急急以饭碗做瓢，舀了四桶水，折腾半个时辰方才得以歇息。有同屋刘醒龙先生句子为证：

　　　　过海宿鸭公，夜半到台风。

波涛入枕套，豪雨浸被中。

饭碗急作瓢，舀水四大桶。

斗室两汉子，一龙一竹峰！

　　海面浪急，风大雨也大，有愈来愈烈之势。黑
咕隆咚，月黑风高夜，南海水滔天，风呜呜乱响，
一眼望去，正是大海共苍天一黑，疾风与暴雨齐飞。
人走出船舱，大雨扑面，落在身上，打得头脸作痛，
睁不开眼。遇上天地间这等大风大浪，人心再大，
人力虽巨，也束手无策，只好听天由命，任凭风浪
随意摆布。

　　海风一阵一阵吹上船来，薄凉难耐，居然觉得
冷了，添件衣衫，裹紧棉被，盖住了肩脚，身体渐
渐回暖，方才得以安然睡去。醒来，已是九点，雨
好歹停了。风依旧大，水面波涌翻滚，还是不能凭
小舟上岛，众人各自在船中静候。房间积水未消，
再次舀出十几桶水，清理、替换，不一而足。

　　人在旅途，难免节外生枝，所喜心境不失喜气，

并无沮丧。最喜欢《三国演义》中赤壁之战一章。曹军大败，来到一地，见树木丛杂，山川险峻，曹操仰面大笑不止，说周瑜无谋，诸葛亮少智，若是预先在这里伏下一军，如之奈何？说犹未了，两边鼓声震响，火光竟冲天而起，原来赵子龙奉将令等候多时了。好不容易得脱，走到一地，曹操又仰面大笑，说诸葛亮、周瑜毕竟智谋不足，若此地埋伏一彪军马，以逸待劳，我等不免重伤。正说着，山口一军摆开，张飞横矛立马在那里。再次迤逦奔逃，到华容道只有三百余骑随后，曹操在马上扬鞭大笑说，周瑜、诸葛亮若使此处伏一旅之师，我们只能束手受缚了。言未毕，一声炮响，关羽跨马提刀，截住了去路。初读《三国演义》，跟着说书人视曹操为贼，读到这一回，到底欢喜他的三笑，有烂漫喜气与坦荡英气。总觉得刘玄德做人太累太苦太愁太假，少了活活的生机与虎气。

这几天钓客颇有收获，饮食常常有鱼，中午炖石斑鱼汤，放了榨菜。袁枚说用冬瓜炖燕窝，是以柔配柔，以清入清，石斑鱼配榨菜，却是点金成铁。

午后见海里漂过几件杂物，从船头追至船尾，终于打捞上来，有塑料袋、救生衣、皮手套之类。大海洁净，不容玷污啊。

晚上风又大了。好风凭借力，送我上青云。而近日，不要好风，不上青云，只待风平浪静。洗净的衣服被风吹走，葬身大海。古人设有衣冠冢，替遗体下葬，以示纪念。衣冠冢中还有一种生基，人生时给自己消灾祈福，而埋葬衣发等物。海上凶险，以衣代人入海，此吉祥事也。

良宽有字"天上大风"，天真无邪，任性随意，像风吹着篱笆上晒干了的春衫。有人喜欢"天上大风"的况味，临摹了良宽的字，小小的，挂在杖头。杖比身高，过人头一尺为宜，又名扶老。古画里，高士飘然，拄着竹木杖，杖头挂一葫芦，或者一幅小挂轴，行走在苍茫山水间。良宽好风，作歌句说：

寂寞草庵，走出看一看，稻叶低垂，秋风策策吹。

月好风清，来呀！一起跳舞至晨光，老来堪回想。

有人问："树凋叶落之时是如何呢？"云门说："秋风中佛法全部显露出来。"此时海上大风，浪波涌起，呜呜吹，恍恍惚惚。明朝王鏊说，世有恍惚不可知者三：鬼神也，神仙也，善恶之报应也。

刘邦回乡，召集昔日友朋、尊长，欢饮十数日。有回酒酣，刘邦击筑即兴唱起《大风歌》："大风起兮云飞扬。威加海内兮归故乡。安得猛士兮守四方！"又令众小儿一起唱和，自己慷慨起舞，悲不自胜，泣泪数行。大概也是触动往事，情不自禁吧。

二〇二一年六月十二日，南海

鸭公岛

在鸭公岛附近徘徊两日，不得天时地利，去不得岛上也。午后风平浪静，潮水退下去了，是登岛绝佳时机。船尾部有铁梯，众人小心翼翼扶好，依次鱼贯而下，跳上小舟，艄公一一接着安顿坐好。七八个人同舟共行，发声喊，小舟轰然驶向鸭公岛。

大风从耳畔刮过，似乎能鼓荡起胸腔，心绪饱满，沧海一声声发啸，波涌滔滔在眼眸回旋。

人在海里，和大船上静观波浪感受大为不同。浪高高低低，船也上上下下，海浪猛然扑过来，船倏地上前，又俯冲下来。偶尔来不及，浪头赶在船前头，击溅出水花，打得周身湿透。

坐在船头，海浪涌过来的时候，迎面去看，何止三尺。浪峰近在发梢，只在眉眼之间滚动，不禁拎起心来，骇然胆战。走得片刻，索性把心一横，听之任之，休去管他了。得闲看看出没风波景致，虽是跌跌撞撞，毕竟自得其乐。心想这世间人来人往，真真假假，不晓得究竟。也许在风浪里颠簸完，发现所谓真相居然只是浮于表面而已，一阵风吹开去，一个浪打过来，也就飘摇不定了。

渐渐离开大船远了，回头望望，船如浓墨的一横，在海上微微晃着。沧海荡荡悠悠茫茫，小舟一苇也不如，而我辈真是渺沧海之一粟。

看起来不过几公里的路程，竟然走了半个小时，终于抵临鸭公岛。

水中偶见游鱼掠过，红色、绿色、蓝色，陆地水中无有能见者，一时大乐。以舌头沾沾口唇，满嘴咸味，好像腊肉的气息。海风吹得久了，风里饱含盐分。

鸭公岛为砾滩岛，看不到礁盘，岛外水颇深。

岛上没有砂石，所见皆为珊瑚石与贝壳之类，或长或短，或粗或细，多为乳白色，偶尔杂以其他颜色，奇形怪状，难以尽叙。

岛上并无鸭子，因为地形似鸭而得名，渔民也称为"鸭公峙"。故乡人家多养有鸡鸭，河里还常见野鸭。我见过海鸭，学名叫潜鸟的，两腿粗壮，向前三趾间有蹼，体形似鸭，善于潜水，却不善飞也不善行，只能栖息近海处，怕是来不了鸭公岛也。

三五个渔民坐在树下闲话，风浪吹打日晒久了，肤色黝黑，如方外之人。有人上前问话，彼此言语并不通畅。

岛上植被也好，有十余种之多，多是近年人力所为，让人肃然起敬。一一看去，有椰树、黄槿、银毛、步麻树，还有不知名的蔓藤缠绕树干，绕过岛民人家的屋顶，绿意婆娑，映得渔屋多了生机多了适意。双手抚摸过几棵树，其中物性不卑不亢，活出生机，越发大有好感。何止人生艰难，落根在这一天地，树生也大不容易啊，它们是我的兄弟，阿弥陀佛。阿弥陀佛，我是它们的兄弟。

　　或许因为人迹罕至，岛上海鸟并不畏惧生客，有几只鸟绕着我飞行，近在咫尺，嘎嘎嘎乱叫。人去逗鸟，它也逗人，可惜不晓其名，更不通它的习性，但我知道它们的欢乐，在这水岛之间嬉笑终老，无半点俗韵啊。

二〇二一年六月十三日，永乐环礁

全富岛

西沙群岛永乐环礁的东北方向有全富岛，距离鸭公岛不远，彼此隔水对望相依。

全富岛边四周盘旋礁石，如铁桶牢牢箍住。小舟不过载了六七人，却也吃水太重，不免时时触碰礁石，船底"咯咯咯"如磨牙。舟中人皆有退意，不忍心小船负重如此，怕坏了船工家什。五次三番不得近前，睁睁看着全富岛就在眼底，惹得人心焦。性急的早就打了几次退堂鼓，高声叫喊回去吧回去吧。艄公听而不闻，心性坚毅，不断改换航道，一次次与礁石周旋，硬生生一尺尺探寻水路，终于离岛近身不过几丈距离，船半寸也前行不得了，众人跳将下来，水深过了膝盖，船底顿时松浮，艄公拉着缆绳，步步走近岸边，抛锚将船系得紧了。

船上有艄公两人，一个掌舵，一个引路。引路人尤为不易，事先看好登陆点，航行中更需时时辨识水路，以躲避浅滩与暗礁。船工说，海水深浅不一，颜色不同，海浪也有差别，石击浪，滩回浪，浪花有异。所以引航人非熟悉海况者不能为之，古人尊其为"舟师"。艄公，舟师，一公一师里有对船人的敬意与赞扬。

全富岛无一草一木，石头也少见，光净净都是沙子。沙子极细软，如粉如尘如末，几近如烟如雾，想必千百年来海水不断冲荡淘洗的缘故。不消说人影，连旧年足迹也找不到一个。索性丢掉鞋子，赤脚一遍遍走过。看着身后两行足印，潮水上来，又冲洗得无影无踪，焕然无人之境。人过留痕，雁过留声，都是贪念罢了，这日月星辰山川草木潮起潮落才管不得这么多。

绕岛慢行，偶见几块木料，大概是当年沉船的残骸，经海浪推到这沙岛上。阳光被云遮拦着，照在海里，说不出的奇异。

岛内有个很小的内湖，椭圆如鸡蛋，水不及一人深。早有好泳者脱去了衣裤跃然嬉戏去也，一阵翻滚拨弄，看得起兴跃跃欲试，可惜不通水性。童年时算命先生说我命带水煞，家里不让近水。

《水浒传》上张顺水性好，水底可以伏七天七夜，游行极快，浑身白肉，像白条一闪而过，所以人称"浪里白条"。李逵去江边讨鱼，拔了渔民竹篾，被张顺在水里揪住，提起来，纳下去，浸得眼白，金圣叹夹批说：铁牛遂作水牛，奇文绝倒。少年时候读《水浒传》，最不喜欢李逵大板斧，不是杀得兴起，就是见人就砍，更专朝人多处砍去。见他在张顺手下吃老大的亏，又解恨又解气。

岛上看海，况味与岸上不同，景致也不像在大船小舟上坐游。全富岛长不及一里，宽两百米有余，高约三两尺，人处岛上仿佛身在海中，四面八方的海水一遍遍涌来，拍打在礁石上，溅得一身透湿。

岛边有礁石露出水面，忍不住走上前，礁石生得许多海藻，滑溜溜难稳脚跟。礁石玲珑，清瘦奇崛坚挺，在海水中浸泡千万年，各得形态，边沿颇为粗粝。小心翼翼站着，海水不知疲倦地一遍遍泼过脚踝。四周海水极清澈、透明，海底沙石游鱼历历在目，与鸭公岛景象略有不同。

　　下岛返回，傍晚时分，潮水涨高了一些，船底还是不免触礁好几回。回到大船，翻检小舟，舱板有好几处裂纹。

二〇二一年六月十四日，永乐环礁

赴甘泉岛

晨起赴甘泉岛。

海面不平稳，一直以为是浪，今日听船家说是涌，风吹起一道又一道的水花才是浪。水从远到近谓之浪，水由下向上称为涌。波涌像做孩子时候端了一盆水，人微力轻，盆颤巍巍，水晃晃动动四处泼洒。

海面浩渺，小舟上纵目查看，涌高高低低前后左右回旋荡漾，不计其数，像一座座微缩的小山脉。至此方才明白苍山如海的浩瀚。

大海如天，天威难测，心有凛冽。船员说，倘或大海平静如镜，那是预警有大风暴。世间的事，有人发声，有人沉默，沉默也是态度，或许更能爆发力量。

抬头即见的距离，小舟进发费去半个小时。

岛边沙滩各类杂物无数，不忍久视。好在植被极好，远远就看见了那一层层绿，换了心情。沙滩上鸟蛋浑然，海鸥在头顶盘旋尖叫，人走得近了，叫声越发高亢嘹亮，专一绕着人脑壳飞，怕是把我们当作了盗蛋贼。

甘泉岛处处是草木，密匝匝有苦郎树、黄藤、羊角树、白避霜花、麻枫桐、银毛树、海岸桐、草海桐，还有大片诺丽果树。不见我乡风物，风味却是相似。海上几天，从未见如此茂盛的一片林木，顿时心旷神怡。

从小路走入岛中，树林将海隔开了，正午阳光照过，忘了身在岛上。一只黑山羊在树丛里张望，两耳耸立，极警觉，众人回视，它一溜烟藏身遁去了。古人向往的海上蓬莱仙岛，该是这样所在吧。

甘泉岛第一奇在植被多，第二奇是淡水。晚清时有将士巡海，发现岛上有井，掘地不过丈余，食之甚甘，即名此地为甘泉岛。据说甘泉井为唐朝旧物。如今井里稍许污秽，已经不大饮用了。并非一味物是人非，偶尔物也非，天地间并无真正的永恒久远。

岛上有唐、宋两代居住遗址，出土过一些坛坛罐罐，随行考古人员以探铲探洞，居然还带出了一块陶片。想象古人在这遥远的海岛一日三餐四季，或许清贫，但风景如画，每日看看沙鸥翔集，锦鳞游泳，自有天地归心的大自在与大如意。人生归途，只是自在如意。侯门庭院深深，是枷锁也是牢笼，红杏才忍不住探出墙头。

岛上有几户人家，主妇将诺丽果切片晒制成茶泡水。喝第一口时，觉得味道怪异，饮过一杯，满口生出奶香，略咸，不知是不是岛上水含盐的缘故。

诺丽果为乔木，小枝四棱形，全株光滑，叶片暗绿光亮，椭圆形，两端尖锐，浆果卵形，幼时绿色，熟时转白，如初生鸡蛋大小。有岛民摘得满满一竹篓，放在过道上，说不出的月白风清。

坐在树下，三杯诺丽果茶下肚，暑气被海风吹散了，汗水尽去，浊气下沉。静静靠在椅子上，欣然有羽化之感。风吹得久了，肉身轻软，涤荡得通体生满清气。

旧小说中，有侠客在海潮中练剑，日夕如是，寒暑不问。木剑击刺之声越练越响，到后来竟有轰轰之声，响了数月，剑声却渐渐轻了，终于寂然无声。又练数月，剑声复又渐响，自此从轻而响，从响而轻，反复七次，欲轻则轻，欲响则响。那或许是甘泉岛的往事吧。一人一鸟一屋一剑，说不出的孤单冷清，也有说不出的湖海飘零。某一日风雨如晦，那人心有所感，身披敝袍，腰悬木剑，悄然而去，足迹所至，踏遍了中原江南之地。

风雨如晦，总让人心有所感。前几天南海终日飘雨，心绪亦如潮水，翻转了一遍又一遍。

二〇二一年六月十五日，永乐环礁

130

晋卿岛

为纪念永乐年间航海的施进卿，取名晋卿岛。岛在西沙永乐环礁最南边，永乐环礁的名字很好，好在永乐，人生哪能永乐，故求永乐。明成祖朱棣年号永乐，说民众小康，方与民同乐，编辑有浩瀚的《永乐大典》，铸造有硕大的永乐大钟。大钟还在北京城，大典散轶海内外，所谓立言，也要常怀惜字之心，言多必失，容易烟消云散。

朱棣迁都后，营建京师三大事：紫禁城、天坛、永乐大钟。紫禁城是皇宫，天坛是祭祀皇天、祈五谷丰登的场所。朱棣戎马一生，虔诚信佛，专门铸造大钟礼佛，借此巩固王朝。永乐大钟内外铸满经咒，计有十七种之多，二十几万字。

永乐大钟铸成，悬挂在紫禁城边的汉经厂。此后，钟声延绵好几年，昼夜撞击，音色独特，声传数十里，时远时近。永乐大钟响亮过也沉默过，在孤烛冷寺里独自承受着寒风露雨的寂寞，但金性不灭，声鸣不改。

总觉得第一次永乐大钟的声响是个晴天，阳光浩浩荡荡照过紫禁城血色的宫墙、金色的屋顶和空旷的广场。乾清宫座椅上，六十岁的皇帝容光焕发，众大臣垂手站立，打起精神，宫外廊檐下，宫女和太监有些无所事事，眼神却有些惊恐。"当"的一记声响传过来，所有人心头不自主颤抖了一下，一声又一声，声声接着，清亮又略显沉闷的铜音响彻皇宫周围。朱棣不禁老怀大开，他以为这宫殿乃至这京城这天下都笼罩在大钟的佛音下。

去晋卿岛的水上，看见一丛寸长小鱼跃出水面，在波光与阳光的照耀下，发出淡淡的鱼鳞光，看得人沉迷。那鱼连续跃出数次，方才一窝蜂游远了，不由一阵惆怅。

晋卿岛植被不如甘泉岛，但也处处可见绿意。难得岛民开辟了菜园，有大头青、地瓜叶等绿叶蔬菜。路旁空地上还有西瓜，瓜蔓结果何止七八个，大者如汤盆，小的只有拳头大小。青青茵茵，是耕种人家的意思，活泼泼家长里短。

岛上有一百零八兄弟庙，其上写"有求必应"四个字，南海岛礁随处可见此庙，庙皆简陋，无塑身甚至无牌位，空空如也，自有神灵。随行船员脱下帽子，一正面容，恭恭敬敬在庙门前跪倒，结结实实磕头祭拜。据说这一百零八个兄弟皆为船员，出没风波里救助渔民，后遭遇海难，民众立庙为纪，尊敬成神。这一百零八个人姓名不详，行径难考，他们都消散成了海风，护佑南海人出入平安。

有人在晋卿岛见过高达数丈的古树，粗可合抱，枝叶如巨伞，聚集了无数海鸥。至今岸边海水还浸泡有巨大的树干，不知道是不是当年旧物。同行者故地重游，却找不回多少记忆。百十年不会沧海桑田，但斗转星移，多少物换人非，最是时光如水。童年时光是溪水，少年时光是河水，青年时光是江水，中年时光是海水，难能风平浪静啊。

晋卿岛呈椭圆形，长近千米，径阔处约一里路，岛上有沙洲。潟湖低地生长着茂密的羊角树丛林，土质亦为鸟粪土。绕岛走了一圈，费时无几。难得海边礁石平缓，走来格外清润自如。有些礁石在水中露出半截，人走上去，远眺茫茫大海，静静听听波涛汹涌，耳畔有种如闷雷隆隆的声音，连续不断，轰轰发发，仿佛千万只马蹄同时敲打地面一般，又像千万人同时在擂击大鼓，这一股股声势，如天地肃穆的威严。

海水一次次爬上礁石，有些轻柔，有些刚硬，一律义无反顾，一往无前。几只海鸥在绿树和蓝海之间翱翔，姿态迥异，羽毛晶莹洁白如雪花轻舞。不远处的海上，蓝洞绿茵茵凝视天空。

二〇二一年六月十六日，西沙

石屿

难得晴朗这么多天，起早看日出，海上日出。少年时候读过巴金文章《海上日出》，与后来看见的老版本略有不同：

天空变成了浅蓝色，很浅很浅的。转眼间，天边现了一道红霞，慢慢儿扩大了它的范围，加大了它的光亮。我知道太阳要从那天际升起来了，便目不转睛地望着那里。

果然，过了一会儿，在那里就出现了太阳的一小半，红是红得很，却没有光亮。这太阳像负着什么重担似的，慢慢儿一步一步地努力向上面走来，到了最后，终于冲破了云霞，完全跳出了海面。那颜色真红得爱人。一刹那间，这深红的东西，忽然发出了夺目的光亮，射得人眼睛发痛，同时附近的云也着了光彩。

有时太阳走入云里，它的光线却仍从云里透射下来，直射到水面上。这时候，人要分辨出何处是水，何处是天，很不容易，因为只能够看见光亮的一片。

有时天边有黑云，而且云片很厚，太阳出来时，人却不能够看见它。然而太阳在黑云里放射出光芒，透过黑云的周围，替黑云镶了一道光亮的金边。到后来才慢慢儿透出重围，而出现于天空，甚至把黑云也变成了紫色或红色。这时候，光亮的不仅是太阳、云和海水，连我自己也成了光亮的了。

——《海行杂记·海上的日出》

开明书店民国廿四年十一月初版

快三十年，我才见到海上的日出。快一百年了，年轻的文章依旧年轻。

一九二七年初巴金去法国途中，船上无事，写了一些见闻权当家书，寄给兄长，是为《海行杂记》。巴金一路走一路看一路写，那个时代的风景依然纠结进对国与家的期盼。

巴金的散文一辈子朴实无华，令人心静。他的文笔清新自然，读来颇清爽，清风徐来，淡写流年，缓缓笔触流淌了一生时光，浸满文字中的深情，胜过激昂胜过曲折胜过艰涩。巴金小说更是暗夜之光，照过太多人青涩的岁月。年轻时候读《家》《春》《秋》，读《寒夜》，难忘凄冷的寒夜的氛围。寒夜来临，在黑暗中穿梭，不知在何方，不知向何处。人人都有自己的寒夜，只是有些人在夜里死去，有些人却迎来黎明之光。

今日要去石屿，众人候着，伺风而动。孟子说，天时不如地利，地利不如人和。孟子世居陆地，不通海事，海上航行，怕是人和不如地利，地利不如天时。航船入海，天时第一，天意谁也不敢违抗。

海边有祭海风俗，多在正月十三日，据说这一天是海的生日。人备好猪头、鸡、鲤鱼、馒头等祭品，焚化香纸，燃放鞭炮烟花，朝大海行叩拜礼。用鲤鱼来祭祀海龙王，是取鲤鱼跳龙门的寓意。渔民会把头年捕到的最上等的渔获作为祭品，在祭海时摆作贡品，祈求来年渔季捕获更好的海产。

出于敬畏，渔民每每出海之前，先在船上祭祀神祇，烧化疏牒，俗称"行文书"。将酒肉抛入大海，称"酬游魂"，以求平安无事。有些地方，出海时，还放一副棺材在船上，寓意入土为安，避开海上滔滔巨浪。

在大船眺望良久，四面海水茫茫，哪见石屿踪影。换小舟进发，水声轰隆作闷雷声，不知行经几里，岛屿在望，现出一道淡淡的墨痕。海鸥纷飞，点点洁白舞动如散花玉屑。

进入礁盘，涌波小了些许。水尤清澈，恨不得就船舷一饮而尽，又想纵身跃入化作锦鳞游弋而去。水底皆礁石，不见间隙，如完整一块，有纹路有颜色，若蟒纹若鱼鳞，也像兽皮像羽翼。小鱼细密似麦芒，不计其数，如箭如电，出没水石间，看得人恍惚若处世外。

上得石屿，不过茅屋庭院大小。闲坐岸边，各色各形礁石，瘦、肥、透、奇、干，参差有致。石缝别无他物，杂生无数碱蓬，皆肥硕肉滋，令人称奇。碱蓬耐盐耐湿耐贫瘠耐寒薄耐寂寞，它是我的知己。光照如火炉，海风冷清吹过，冷热交替，不独石屿如此，人生亦如是。

二〇二一年六月十七日，西沙

钓鱼

海上无事，唯读书消遣，近日翻李商隐集子。想起前几天在羚羊门后的礁盘里游水，水清清爽爽，大海遥远了，只有这一片浅礁。仰面躺着，随海水漂荡，肉身漂荡，思绪漂荡。

古人说南海有鲛人，倘或有，他们应该就生活在羚羊礁那样一片海域上吧。

传说鲛人像鱼一样，善于纺织，可以制出入水不湿的龙绡，且滴泪成珠，诗人才说"沧海月明珠有泪"。《异物志》说，人鱼似人形，长尺余，不堪食，项上有小孔，气从中出，还说秦始皇冢墓室以人鱼膏为烛。《太平广记》的记载有些津津乐道，语近猥亵。说海人鱼大者，长五六尺，有眉目、口鼻、手爪、头，皆为曼妙女子。皮肉白如玉，无鳞，有细毛，五色轻软，长一二寸，头发如马尾，长五六尺，阴形仿佛世间女子。临海有鳏夫取来养在池沼，交合之际，与人无异，也不伤人。

海上无事。他们喜欢钓鱼，我不喜欢。钓胜于鱼对有闲阶层固然佳妙，然对渔民，却是鱼胜于钓。有垂钓高手，不用钓竿，只一根鱼钩，漂子也无，钓线甩在水里，线头一动，提起来就是条鱼，或大或小，得来全不费工夫。纸上生活二十年，文章虽是辛苦事，得来却也不费工夫。写作当然呕心沥血，好文章不必踏破铁鞋，此中微妙，不足与人道也。桓温领兵北征，令袁虎拟公文，人靠着战马，顷刻得了七纸文字，殊可观。人各有命。袁虎钓鱼未必能如此快捷。

十四五岁时钓过塘鱼。断竹做竿，铁针折成弯钩，穿蚯蚓为饵，线上系浮子，鱼来吞食，浮子自动，往上一提，钩钓鱼腮鱼嘴。少年人手轻，上钩的总是小青鱼，寸长而已，让人扫兴。有一次，鱼钩低沉，一尾大鲤鱼翻滚扑腾着水花，我欢喜得心快跳出来了，不料它几次翻腾，脱了铁钩，飞快地游走了，惹得好一阵怅然。

出水就烹制的鱼，味美无比，所谓起水鲜。船上烹制不得法，鲜味打了折扣。哪怕石斑鱼也沦入寻常。过去吃的石斑是青斑，清蒸最好。在船上再吃到红斑，鱼肉白嫩，清炖成汤，却不得鲜味。厨下技法亦如笔墨，其中微妙，大有天地。

二〇二一年六月十八日，西沙

南溟茫茫

南溟茫茫，一望空阔。最喜欢傍晚时光，夕阳即将没入波心，水面闪烁如万道金龙吞吐，定定看着，不由得让人端坐出神。

海上夕阳与夜里的星辰，有陆地所无之韵味。四周开阔，天幕开张，明星满天，喜不成寐。身随船体上下左右浮动，看看天，看看海，看看鸟，看看人，看看远处，看看近旁，一时恍惚，忘了自己。五欲已销诸念息，世间无境可勾牵。仿佛瞬间衰老了，老成海底岸边的巨石，老成青山，老成光照。

海水荡荡悠悠，眼前无他物，心眼豁然开朗，襟怀为之清远张大。天地间风雨晦明、阴晴变换、虫鱼生死、草木荣落，让人生起芬芳悱恻缠绵凄迷的情致心绪，未必是好事，往往难以超脱。入世当然重要，到底要有超脱心，斤斤计较所失常多，机关算尽误了性命，不妨以观沧海，不妨与山为邻。山海势大气粗，能壮人心胸。

古人作画，山水是主流，画大海的极少。以皴法作山石、峰峦，有披麻皴、雨点皴、卷云皴、解索皴、牛毛皴、大斧劈皴、小斧劈皴等，却没那么多技法来画海。海极难画，画出惊涛骇浪不难，要画出它的静谧画出它的辽阔，诚然不易也。

极多则喻之海，山多为山海、石多为石海、花多为花海、林多为林海、人多为人海、仇恨大了则是血海，人见了真正的海，却只有一个字：海。

海的修饰也只有一个字：大——大海。

大地大山大海何其莽苍何其广袤，文章倘或写出其中气象气息，文章乃成，文章家乃成。古人早已见识过海之大，说海是天池，以纳百川。天池者，形容其大也。不独纳川，海更能藏山，《列子》上说

144

东海外有岱舆、员峤二山，后来漂流到北极，沉入大海。后人喻大常常以海形容，海量，海涵，海盟，海誓。《红楼梦》中众人宴席，薛蟠执壶，宝玉把盏，斟了两大海碗，冯紫英站着，一气而尽。

故家商铺春节对联，说的是："生意兴隆通四海，财源广进达三江。"字阔大，墨用得浓，有种慷慨气魄在焉。

生于山乡，小时候只在画册里见过海。邻居家墙壁，很大一幅画，有椰林、木屋、海滩、遥远的海平线，引得一阵遐想。十几岁上见过北方的海，快三十岁才见南方的海。

北方的海有夜沉沉气息，京剧有曲牌《夜深沉》，调子由繁至简，大鼓独奏与京胡竞奏，祢衡骂曹与霸王别姬戏中，配合祢衡击鼓和虞姬舞剑，动人精神。南方的海则有今日晴好风味，北方的海入眼肃穆，来到南方，去一些海滩浅处，不当海是海，只觉得如一颗大水晶坠入人间，人亦剔透一些，真是人海皆好。

喜欢海上夜景，一次次放眼远望，一次次遥看星空，最喜欢密密麻麻的繁星，越发显得天空清明。月夜当然佳美，但星空别有幽怀。故家夏天夜晚，在屋前纳凉，那是童年故乡的静寂之夜。身侧是池塘是青山是稻田是菜园，仰卧竹床上，看星群密布的蓝天，心神激荡，思绪飘得悠远。文学或许就是人对宇宙万物感应，写出其中的灵性精神，化虚为实，化实为虚。

　　夜深了，晚风吹过，送来海浪声。四面黑漆漆的，七八点渔火，天上半个月亮，天幕淡淡的星光。顺着北斗之勺，找到北极星，坐船开始向北飘行。一夜无话，沉沉睡着，上午抵达崖州码头。踏入陆地的刹那，又恍惚又真实，脚底好像还在晃动又好像格外安稳，回头看一眼游船，看看同行的人，彼此挥手告辞作别，陡然有些伤感了。

二〇二一年六月十九日，海口

汤粉记

　　早餐吃了碗抱罗粉，依旧好滋味，微微有些辣，在舌尖萦绕不绝，大为畅快。初来海南，早餐食单见抱罗粉，不知所云，觉得稀奇。端上来一看，原来是汤粉，比米线略粗一些。

　　汤粉之好，好在家常。做法家常，调料家常，吃的心情也家常。各地均有好汤粉，长沙、成都、昆明、南宁、合肥……粉之高下，要诀在汤。偏爱猪骨汤、鸡汤，小火熬制，再放两块腌肉提鲜。浇头不同，滋味满树繁花，浓郁清淡皆相宜。

　　抱罗粉浇头有红烧牛肉、酸菜，外加几根笋丁。粉线洁白柔软，娇弱无力，入口颇有嚼劲，爽滑鲜香，汤料亦好，是微辣的红汤，得了厚味，又不失朴素。此粉以文昌抱罗镇所产者最为丰美，遂以地得名。文昌饮食吃过几次文昌鸡，肉质细软，皮脆骨酥，滑嫩异常。文昌鸡盛名天下，抱罗粉犹抱琵琶半遮面，藏在深闺人未识。

　　总疑心吴敬梓先生不喜欢粉，《儒林外史》中写过一场婚礼，光怪陆离。蘧公孙入赘鲁编修家，婚礼正日，全副执事，一班细乐，八对纱灯。排场豪华自不必说，一边流水般上菜，还特意请了戏班开始唱戏。唱完开场三出，戏班副末拿戏单来蘧公孙面前，请他点戏。忽听乒乓一声，一只老鼠从房梁滑脚掉下来，正好落在管家捧上的脍燕窝碗里，热汤溅了副末一脸。老鼠掉进热汤，吓了一惊，把碗跳翻，爬起来从新郎官身上跳下去，簇新大红缎补服都弄油了。这时，厨下掇了一双钉鞋，捧着六碗粉汤站在丹墀里，尖着眼睛看戏。看到戏场上，小旦装出一个妓者扭扭捏捏地唱，他就看昏了，忘乎所以，只道粉汤碗已经端完，把盘子向地下一掀，倒盘子里的汤脚，叮当一声响，把两个碗和粉汤打碎在地下。他一时慌了神，急忙弯下腰去抓粉汤，又被两个狗争着，呲嘴弄舌抢食。人怒从心起，使尽平生气力，抬脚踢去，力用猛了，一只钉鞋脱飞丈把高，溜溜滚了来，落在左边第一席上，乒乓一声，把席上两盘点心打得稀烂。吃席的吓了一惊，慌立起来，衣袖又把粉汤碗招翻，泼了一桌。

岛上粉类有十几种，吃过海南粉与抱罗粉、后安粉、陵水酸粉，形体略有差别，味皆浓香，柔润爽滑，多吃而不腻，每日早晨食得热腾腾的一小碗，极受用。

海南粉之好，好在无食肉相。

石虚中即墨侯有美凤仪。

管城子中书君无食肉相。

《左传》说肉食者鄙，未能远谋。未能远谋，或有远忧。

美食之好平添口腹之乐，不亦快哉，却也不去强求。我的心性，饭菜只是吃，不论好吃不好吃。

饮食供养众生，不该有三六九等。得尝美食固然是大福分，然好酣眠在美食之上，美睡比美食受用。人到中年，唯求好睡，青菜萝卜果腹、布衣暖身即可。最羡慕杨万里"日长睡起无情思，闲看儿童捉柳花"的心境。范成大"坐睡觉来无一事，满窗晴日看蚕生"也好。小女曾养蚕几十只，采桑喂养，不过月余即吐丝。蚕成茧的几天，每日渐变，最后身体透明，装了满满一肚子蚕丝，不独小女喜心翻倒，我也觉得欣然。

二〇二一年六月二十日，海口

荔枝记

　　海南多荔枝园，满树红果无数，圆胖鲜红，阳光下一园吉祥。园主多售卖鲜果，入得园内，自行无度摘食。如苏轼所说，荔枝正熟，就林恣食，亦一快也。

　　荔枝肉莹白如冰似雪，吃得十来颗，饱腹不已。古人诗词文章欢喜夸张，"白发三千丈""燕山雪花大如席""歌罢海动色，诗成天改容"之类，自有跌宕。然苏东坡作诗说"日啖荔枝三百颗"，到底泥实了一些，好在"不辞常做岭南人"一句荡开了。

　　荔枝极入画，寓意吉利。八大山人画果盘，半盛三五颗荔枝，当真尤物——故国不在、生逢乱世的尤物，况味不同寻常。齐白石为荔枝写生无数，说果实之味，唯荔枝最美，且入图第一，又说牡丹为花之王，荔枝为果之先。齐白石的荔枝，多是在浅红底子上以西洋红点成，格调尤高。有一回画已完成，老人意犹未尽，拈笔濡墨涂了两个黑荔枝，全画跳出，映得红荔枝更加鲜活水灵。

有人画荔枝是怪物，有人画荔枝是赃物，有人画荔枝是玩物，有人画荔枝是傲物，有人画荔枝是失物，有人画荔枝是旧物，有人画荔枝是遗物，有人画荔枝是俗物，有人画荔枝是尤物……

怪物里有一番茕茕独立，赃物里有一番贼眉鼠眼，玩物里有一番闲情逸致，傲物里有一番负手向天，失物里有一番失魂落魄，旧物里有一番逝水年华，遗物里有一番白头宫女，俗物里有一番家长里短，尤物呢？风华也，尤物善惑尤物移人。

园中荔枝大可尽兴丰收，纸上荔枝却不能太满。文徵明画荔枝，老树新果，铺满挂轴，不如齐白石小品有味。友人曾赠我纸本《荔枝蜻蜓》，一挺荔枝绿叶红果，一只蜻蜓俯身飞来，栩栩如生有翩然之姿。

荔枝红、樱桃红、桃红、瓜瓤红，不同的红不同的格。荔枝之格在桃、西瓜之上，有一抹风尘仆仆甚至超过了樱桃。

吃完荔枝，清清爽爽。荔枝好吃，好吃在清香上。昔人以为荔枝味似软枣，实在风马牛不相及。软枣是软枣味，荔枝是荔枝味。荔枝有清香，食之如在初夏荷花旁闻到满池莲荷的清气。莲藕也清香，但没有荔枝的清香悠远绵长。

一些人嫌荔枝清淡。荔枝寄情以清，入味以淡。许多年以后追忆逝水年华，想起荔枝，会觉得清得悠远，会觉得淡得绵长。荔枝清而有味，淡而有味，一位面色丰腴肌肤粉嫩的女子跳出红尘，身上现出隐士气，自有一种宝相庄严。

荔枝是寂静之食，没有欲望。榴莲、芒果能感觉出生命之热。荔枝像春风细雨，芒果如夏风梅雨，榴莲红尘万丈，可谓水果里的荤腥。荔枝不容易，这一枚南方佳果归绚丽于平淡，大不容易，有佳日风味。

日啖荔枝三五颗，好日子细水长流。荔枝不耐贮藏，一日易色，二日香变，三日改味，四五天后，色香味尽去矣。

杨玉环生于蜀地，好食荔枝。岭南海南所生荔枝尤胜蜀地，唐明皇每岁飞驰以进。后人将杨玉环当年所食的品种取名为"妃子笑"，得因杜牧"一骑红尘妃子笑，无人知是荔枝来"诗句。

我喜欢妃子笑，果大、肉厚、色美、核小、味甜。一笑倾城，再笑倾国，三笑倾情，寄情于味的情。近来暑气甚烈，寄情于味，可娱小我也。

有蜜蜂采荔枝花，酿成荔枝蜜，我没喝过。据说甜香里带股清气，很有点鲜荔枝味儿。

二〇二一年六月二十一日，海口

流水

春日去昌江，途经南尧河。阳光下，流水幽幽剔透。到底是南方，绿叶异常苍绿。椰林之绿，檀树之绿，芭蕉之绿，灌木之绿，芦苇之绿，稻田之绿，龙舌兰之绿，散尾葵之绿，触目皆绿。偶尔绿里一片红，是木棉花。木棉树高高大大，红花挂满一树，有些已经谢了，略见颓然；有些妍妍开得正好，在绿中躲躲闪闪。可能是花冠大，那躲闪也不羞怯，坦坦荡荡。

木棉花红得正艳，不是风情的艳，艳丽中有朴素有正大。木棉花独独开来最好，美在寂然，有百年孤独况味。红得寂然，人才生出怜悯心。

见过一大片山场蓦然盛开的木棉花，热闹惊心，动人心魄。风吹过，有狐鬼气。想起《源氏物语》里，高高的红叶林荫下，四十名乐人绕成圆阵。嘹亮的笛声响彻云霄，美不可言。和着松风之声，宛如深山中狂飙的咆哮。红叶缤纷，随风飞舞。恍恍惚惚，记忆中红叶幻化成了木棉花之红。

泡桐也开花了，紫色的花朵朵高高在树顶，风一吹，如流云在河堤上飘荡。车摇晃着前行，层层叠叠的绿，风一吹，新绿老绿嫩绿苍绿浅绿深绿叠在一起。干净碧青的草一拨拨在眼前涌动，山风清凉，大树挺立壮美。春日阳光穿过，深邃静谧。人湮没在春绿中，化入深山。

通体翠绿的山，流水逶迤而来，白亮亮自山头到谷底，冰洁如月光一样流下，引得人停车伫步。远山的树，河岸的草，山野的风，田园的茶，一切的一切，刹那寂静，如同溪滩边的石头，静默无有言语。岸边那些不知名的野草湿漉漉的，茎是湿的，叶是湿的，在流水的汩动下，瑟缩摇摆。花是流水今世，叶有明月前身。流水里也有叶的梦，春梦夏梦秋梦，还有寒夜里的冷梦。

大概是当年孔子站在河边感慨过时间的缘故，每每看见河流，总有些莫名的思绪，是眼前真切的一湾水，又是心头缥缈的存在。

南尧河岸边有黎族旧人石洞，当地人称为皇帝洞。背靠石洞，仿佛看见曾经走过的先民岁月。或许是洞外河流的缘故，依稀还能听见河水淌过的声音，奔腾，潺湲，惊涛骇浪，静水深流。

站在洞口，看着南尧河。水流在河里，觉得柔软，掬一把入手，水顺指缝淅淅沥沥淋下来，柔软中又多了轻嫩，掌心清凉，手背清凉。这是条离我日常遥远的河流，遥远得一无所知。即便走近了，也俨然是另一个异域，疏旷地横卧在昌江腹地。

河流上空深邃的蓝色，几个农人在皇帝洞贩卖一些零散的饮食。没有鸟鸣，风声也没有，一切是静的。南尧河景色别致，虽地处南国，初春节令里，那些草木并没有呈现出欣欣之态，有些近似岭南画派的风味，石头像浓墨泼就，在茂密的森林里奇形怪状，悬如削瓜，颜色不一。

清亮、冷漠、空荡，继续着自然之力的南尧河，从皇帝洞边流过，没有片刻犹豫，头也不回，向着遥远的海洋驶去。

眼前一脉河，是纯粹的水源、是纯粹的通道，看着岁月山河日出日落花开花谢，忍不住感慨，到底停住了。这一声声感慨穿不过天地之悠悠，牢骚太盛防肠断，风物长宜放眼量。人就向洞里走去了。

巨大的洞穴，是六千多年前先民的居所。石刀、石斧、石锛，还有陶樽、瓮、罐和青铜器残片。陶樽里早就没有了先民的酒水，从前的手泽还在，从前的气息也还在。渐渐深入洞内，有些呆住了。石洞真大，大到人极小，大到可以容纳万人，大到给一代代先民遮风挡雨。石洞尽管简陋，却巍峨有王者气象，到底是皇帝洞。周围都是坚硬的石头，想想当年一代代人在这个洞穴里生老病死。当年的人看不见今天的我们，我们也看不见当年的他们，只有这洞一动不动，几千年的时间也搬不走半步。

在洞里逛了一圈，清凉、干燥，哪里是族领的居地，哪里又是小民的居地？总觉得有一个中年男子，拄着树根，长发，身着兽皮，被一众面目黧黑树叶遮体的人簇拥着，割肉，饮水，喝酒。下雨的日子，那人偶尔悄悄走到洞口或站或坐地看着眼前，他会看见什么呢？看着山和渐渐涨满了河道的水。六千多年过去了，当年的人早已灰飞烟灭，他看过的山河无恙。或许那时候的人不像后世那么关怀得失，关怀生死。他们嚣张跋扈，比所有的兽更强大，在山林里飞土逐宍，他们紧紧盯着前方那仓皇夺路的兽。我不清楚，会不会有受伤受惊的野兽一头栽向河道，被流水带走了呢。

南尧河并不长，无端地，我觉得河道极其绵长，沉潜在中华大地南端，沉睡在天苍苍、水泱泱、木欣欣、花妍妍的寂静中。河水不知道几万万年，如春潮涌动，清澈滋润大地。

故家多河道，流水畅然。下雨天，对门流下白亮的山水。田畈溪流不绝，两岸风物映在水里。绿色的水，蓝色的天，青翠的树影竹影交融一起。水中游鱼很少，常见麻虾。麻虾不好动，如墨团凝在水底。人伸手想捉，指头刚到河面，虾子才触电般闪开。

夏天，河里热闹些。浣衣农妇提着篮子刚回家，三五个孩子又来了，卷起裤脚捞虾子，用玻璃罐装着。偶尔还能捞到泥鳅，粗且长，腮边几根灰须，长而细，随身子摆动。有人穿了布鞋，不好下河，岸边目光灼灼地看着。到了晚上，小河越发好看。星星一颗颗一跳一跳地冒出来，漫天冷冷粲然。月亮钻出山嘴，斜斜挂在天上，像大家闺秀款步从容走出月亮门。

山有俊丑险奇恶，水一律斯文漂亮，穷乡僻壤的水与闹市喧嚣的水一样有静气。江南小桥流水载动乌篷船漂过浮萍飘来渔歌声，皖南秧田流水蛙鸣不绝。秦淮河的流水，脂粉气消退了，好在喧嚣里还残存了几丝古意。黄土高原的流水，性灵依旧，映照着蓝天，还有光秃秃又瘦又干的山。皖南的流水，打湿了山中的鸟啼，打湿了行人的衣摆。

人在水边待得久了，思想也是湿润的，梦里亦水汽弥漫。在江南，曲折走过迷宫式的长巷短巷，走过小桥流水，走入霏霏也想入非非。

闲散时候，去看流水。水流在那里，如同时间，任你看或者不看。河道一脉轮回的流水，生命的过程一览无余。坐在流水旁，人有易碎感，像沾满露水的花不断飘下来，地面残红一片。时间如水，生命如水，孔子站在水边才感慨逝者如斯夫。滑入低谷的流水，不像西下的太阳，明日清晨还会从山间冉冉出头。

中国诗文，常常有水气，杏花春雨是水，过尽千帆是水，泉眼无声是水，洪波涌起是水，更有一江春水，桃花流水。承天寺内庭下积水空明，水中藻荇交横，还有竹柏之影。那是最浅的水，不能流动的水，中有闲情。

积水有闲情，流水隐隐是仙气。苏轼泛舟赤壁，清风徐来，水波不兴。月亮自东山升起，徘徊东南星辰之间。白茫茫的雾气横贯江面，水光连接天际，小船如一片芦叶浮越流水。人有冯虚御风、遗世独立、羽化登仙之感。

水是万物之源。水有灵气有静气，水为财，聚水则生财。远古部落旁水声潺湲，一代代人近水而居，洗了多少尘世浮躁，独得一片清凉一片清净。

在流水旁，踏着树影，踩着石阶，山高树大，水落石出。遮天蔽日的树枝、青藤、老树，还有金银花、石蒜、车前子，像炼丹的草药。山、石头、流水，又像入定的所在。哗哗的水响与呼呼的山风交织一起。偶尔漂来几片残叶，零落成宋词的婉约。人在流水边，阳光在头顶闪烁摇曳。心底也隐隐生出乘风归去的仙气。

二〇二一年六月二十二日，合肥

走虫

少年是撒欢的年纪，所谓站没站相，坐没坐相，但凡外出，飞手踢足如脱缰野马。青年时候，走南走北，为讨一口热饭暖炕，并非不知疲倦，实在不敢疲倦。人近中年，身子骨慢慢沉了重了，爬山看见凉亭总巴望歇歇，哪怕看见石头，也忍不住上前坐一会。苏州城外有花山，山上多石，石上常有字，有一巨石上书"且坐坐"三字，每次去了，总会在石边盘桓片刻，静坐一会，听听风声，听听流水，听听鸟鸣。

古人说蛇是长虫，老虎是大虫。小说里有人绰号"母大虫""病大虫"。宋人卞衮有吏干，累掌财赋，清心治局，号为称职。但他性情惨毒，喜欢鞭打下属，因此人称他为大虫。宋真宗曾对近臣感慨衮公忠公尽瘁，无所畏避，人罕能及。但也说性情残酷德行易损，为人应该体恤宽恕，适中为好。

适中二字怕是世间之大法，为人为文都如此为好。适中者，中庸之道也。

人如虫，有人是大虫，更多的只是走虫，海边的人则是游虫吧。见过那些个渔民，双脚仿佛生在渔船长于水面一般。旧作里有随笔《走虫》：

武松醉卧景阳冈大青石上，只听得乱树背后扑的一声响，跳出一只吊睛白额大虫来。这大虫却是老虎。

《大戴礼记》将虫分为五类：禽为羽虫，兽为毛虫，龟为甲虫，鱼为鳞虫，人为倮虫。《礼记》也说有羽之虫三百六十，而凤凰为之长；有毛之虫三百六十，而麒麟为之长；有甲之虫三百六十，而神龟为之长；有鳞之虫三百六十，而蛟龙为之长；倮之虫三百六十，而圣人为之长。

关中地方还把人说成走虫。走的是虫豸，走的也是虎豹。大象缓步是走，骏马奔腾也是走，龙行是走，踮步还是走，穿街过巷是走，游山玩水更是走，我们活着，我们走着。

人往高处走，更上一层楼。水往低处流，有容乃大。流水不腐是走，户枢不蠹也是走。庄子逍遥游是走，孔子游列国也是走，一个走向江湖之远，一个走向庙堂之高。列子御风是走，老子骑牛也是走。人生如戏，走一个粉墨登场，光阴似箭，走一个沧海桑田。

走南闯北、走州过县、走马到任、走山泣石、走斝飞觞、走蚓惊蛇、走及奔马、走马看花、走石飞沙、走为上计、走街串巷、走丸逆坂、走笔疾书、走笔成文。过去走笔疾书，如今走笔依旧，疾书不再，字：仿佛千百斤重也，好在还能走笔成文。其实走笔就好，成文不成文不重要。

二〇一六年十月十日，合肥

文生于心并不难，每日心间有文却不容易。

故乡景致记忆最深，春有繁花冬落雪，山村风味一季季不同。当年蜗居山村，泥墙青瓦下春夏秋冬，日夜读书不休。读书灯照得亮书窗，照不见茫茫原野。窗外青山连绵，早霞夕阳一日日起落。我总幻想山外天地，有时夜半听风听雨，心事浮沉，恨不得化身飞鸟，摸黑而去。

很多年后，终于走了一座座山，蹚过一条条河。山河是我文章底色之一。纸页里多一些草木瓜果蔬菜的芬芳，书香气更足。

人生四季，已经走过了春日，进入了夏季，眼看着凉风一丝一缕从窗缝里吹来了。

二〇二一年六月二十三日，合肥

车过儋州

车过儋州，想起旧日书事。读过太多苏轼，早已目随他诗文来过此地，不仅神游过儋州，黄州、惠州也一次次神游过。去赵家旧京，恍惚里，老街巷仿佛走过几个直裾袖衫的身影，苏轼带着弟弟苏辙，走在汴河岸边，春风吹动树梢撩起长袍，青春做伴，一身斯文一身风雅，路人纷纷侧目。在荆楚，起兴去了赤壁。荆楚大地有多处赤壁，赤壁之战固然风起云涌，心里念想的却是苏轼《赤壁赋》。

在黄州，去当年赤壁旧地。七拐八绕，大树阴森，掩映着古旧的青瓦房子与老城墙。景象自然不是北宋的模样了，但心里有挥之不去的诗词文章，忽然有斯文流动，总觉得苏轼刚刚推开老宅子的门扉，缓缓踱步到了城墙根下——夕阳照过长江，陡坡被晚霞染作赭红，水流浩荡，几只小船来来往往。今日河道不知改了几回，早已面目全非，入眼还是苏轼说的那样，清风徐来，水波不兴。

去信阳，专门寻访净居寺。元丰三年正月下旬，苏轼途经光山，慕名游览大苏山净居寺，作诗以记。他后来去过好几次净居寺，将那里当作福乡灵境，寄啸逃禅，曾选寺后山阳半腰一平地，建读书堂。苏辙、黄庭坚、佛印、道潜、陈季常诸友相继一同造访。

秋天，独行在杭州苏堤，越走越远，怀古也越来越深，想起白居易，想起苏轼，文思如柳丝一般荡起。

儋州城市格局和很多地方是相似的，儋州城市格局和很多地方又是不同的，到底因为苏轼。今日儋州与旧时自然不同了，入眼幽深少了，清雅少了，宋朝街巷田园山水景致走得太远，但烟火气更足。

夜里在儋州，想起苏轼的上元夜游：

> 有老书生数人来过，曰："良月嘉夜，先生能一出乎？"予欣然从之。步城西，入僧舍，历小巷，民夷杂糅，屠沽纷然。归舍已三鼓矣。舍中掩关熟睡，已再鼾矣。

《赤壁赋》之类固然畅快，苏轼的小品文，读后也如饮醇酒，又如冬夜微雪，沐浴后换上干净的棉衣焚香而眠。

出了门，小巷依旧民夷杂糅，屠沽纷然。卖酒的眉飞色舞，喝酒的面红耳赤；卖肉的一脸愉悦，吃肉的唇齿滋润。

与友人吃过几碗茶，到夜市坐下。街坊中市肆林立，有卖烟的，有卖糖的、有卖五金杂货的、有卖椰子的，有卖粮油米面的，也有卖茶的，卖衣服头饰的。一簇又一簇游客，熙熙攘攘，黎人与汉民衣着谈吐并无二致，只是面色大多稍微黑一些，多见干瘦意思，有竹气。接连几个饮食摊点，卖儋州肉粽，入口不腻却也油润，内中裹有咸鸭蛋，肉是黑猪肉或腌制好的排骨。

儋州饮食，除肉粽外，还有儋州白馍、松涛鳙鱼、光村沙虫。

白馍又称油馍，用糯米磨制成浆，先浇薄薄一层，熟后再浇一层，一层层叠加蒸制而成。鳙鱼俗称大头鱼，头大身小，肉质细嫩，鱼头更是精华，可配酸菜、酸笋等，让人百吃不厌。儋州盛产沙虫，光村浅海的沙虫最好，肥美味厚，可清蒸、鲜炒，也可新鲜下汤，肉质爽脆，是一方美味，只是我颇有惧意，并不敢染指一试。

书店里，苏轼的集子格外多。到底是住过三年的地方，本地人以此为荣的。"问汝平生功业，黄州惠州儋州。"儋州至今还有东坡书院，说是当年苏轼贬谪海南时居住和讲学的地方，几次重修，书院有载酒亭、载酒堂、钦帅泉、钦帅堂等屋舍。载酒堂前是载酒亭，一块"鱼鸟亲人"横匾。想苏轼当年被贬，被政敌逐出官舍，一个老人孤孤单单，父子二人举目无亲，也真只有鱼鸟亲人。

忆及苏轼，总会想起章惇。二人为密友，性情相合；为政敌，不相为谋。二人本是同窗，同饮同坐。苏轼知贡举，还取了章惇儿子章援为第一，两家缘深，还有些沾亲带故。章惇是福建人，身出名门，大家公子性格豪爽、真率，才智出众，学问广博精深，能文，更有才识。年轻时章惇相貌俊美，修身养性，服气辟谷，举止文雅洒脱，飘然仙风道骨。考中进士那年，只因族侄高中状元，他弃朝廷敕诰不顾，回家隔两年再考，硬是得了第一甲第五名。

苏轼二十六岁那年也再次参加制举，作《留侯论》，高妙有声，入第三等。制举是皇帝为选拔非常之人而设，策问应举之士，称之制诏。仁宗初读苏轼、苏辙的制策，退朝后喜不自胜，说今日为子孙觅得两个宰相。是年，苏轼才华外溢，策士之气收拾不住，不掖不藏不吝啬，一鼓作气作了几十篇策论。有人以此嗤笑，说苏门三父子都有策士气，逞才争胜，为写而写。年轻人逞才并无不可，好在有才可持，比庸人自大好。持才远甚仗势，多少仗势欺人，最不堪还有狗仗人势。

苏轼好作策论，《易论》《书论》《诗论》《礼论》《春秋论》《中庸三论》《伊尹论》《周公论》《子思论》《孟轲论》《宋襄公论》《秦始论》《汉高论》《管仲论》《孙武论》《乐毅论》《荀卿论》《韩非子论》《贾谊论》《晁错论》《霍光论》《扬雄论》《士燮论》《诸葛亮论》《曹操论》《韩愈论》《思治论》《正统论》《续朋党论》等，繁富不胜车载，可见读的书多。

苏轼下笔之妙，好在文意。在他之前的文章，大多是诗意、词意、传奇意、寓言意、游戏意、道德意、碑帖意、写史意、不朽意、教化意……苏东坡文章里有平白的文章意思，这是最了不起的地方。文章意思，其实是人情意思，蔬饭意思，酒肉意思，瓜果意思，一言以蔽之，是人间烟火意思。苏东坡的文章有珠玉琳琅之美，大珠小珠落玉盘，叮当有声，又像是读其书法，又秀美又圆润。

苏轼诗文，从少年到老年，没有灿烂到响晴，也没有阴郁到雷雨，常常多云，几朵白云挂在蓝蓝天上，正所谓也无风雨也无晴。入世则心怀国家，出世则自得其乐，大起大落的人生境遇中始终淡然处之。长江奔流，明月当头，水与月的永恒里常常让人想起苏轼，想起他不灭的诗词文章、所思所感，仿佛他还荡漾在小舟之上，未曾走远，如水如月一般永恒。

朝廷势颓，积贫积弱，章惇向来赞成改革，王安石与其相见恨晚，立即提拔重用，成为膀臂。王安石拜相后，积极推行新法，想"因天下之为，以生天下之财；取天下之财，以供天下之费"。后人对变法事，众说纷纭，各执一词，朱熹话说得重而狠：群奸肆虐，流毒四海。罗大经甚至将王安石和秦桧并论，国家合而遂裂，王安石之罪；裂而不复，秦桧之罪。后世不少史家说他是奸臣，更因他性子执拗，佛菩萨也劝他不转，人皆呼为"拗相公"。

王安石学问大，有才干，一心为国为民，奈何性子急躁，神宗皇帝只盼快快成功，天下事情往往欲速则不达，手忙脚乱，有人浑水摸鱼。一时朝野上下怨声载道，新法遭到司马光、苏轼诸多大臣反对。神宗皇帝听不得逆耳之言，欲得志者只能歌功颂德，说他是圣明天子才承蒙垂青，倘若说朝廷举措不当，劝谏几句，便落得罢官放逐。

作舍道旁，三年不成，变法是以国家为屋舍，向来需要强权，需要专横，需要独断，而强权往往以为真理在握。这时苏轼主持大考，出题让士人论述："晋武平吴以独断而克，苻坚伐晋以独断而亡，齐桓专任管仲而霸，燕哙专任子之而败，事同而功异。"变法一派对号入座，觉得此举讥讽他们擅政，指使御史上奏，说试题涉嫌谤讪朝政。眼见波诡云谲，苏轼索性请求外放杭州通判。

新法富国强兵，但也留有祸端，青苗法变质为官府辗转放高利贷、收取利息的苛政，聚敛害民。

儒家认为，民为贵，社稷次之，君为轻。在地方任职，苏轼看到了更多新法流弊，民生艰苦，于是便形诸吟咏，字里偶有讽谏意思。这时王安石已经罢相，变法早已成了神宗革新大业。《梦溪笔谈》的作者沈括首先发难上疏，说苏词讪怼，又有以舒亶为首的御史台指责苏轼谢表中讥骂朝廷，一道道指责的奏折上了龙椅案头。宋神宗爱才，不想严惩苏轼。但帝王家觉得自己以天下为重，变法是第一要义，到底还是乘机将保守派一举罢免。案件由监察御史告发，苏轼在御史台狱受审，台中有柏树，乌鸦栖居其上，故称其为乌台、柏台。"乌台诗案"由此得名。脱脱见此一难，编《宋史》时不禁感慨，说苏轼忠心耿直、正直无畏，远在众臣之上，引来小人忌恶挤排，不使安于朝廷之上。

下狱后，苏轼一日数惊，未卜生死，还要忍受狱吏逼供，狱中难友诗说："遥怜北户吴兴守，诟辱通宵不忍闻。"长子苏迈负责送饭，父子不得见，暗中约好，判处死刑即送鱼，以便了结后事。距最后判决还有几天，因银钱用尽，苏迈出门告借，托人代劳一日，那人送去一条熏鱼，苏轼大惊，以为自己凶多吉少，极度悲伤，写下诀别诗两首，其中有道：

圣主如天万物春，小臣愚暗自亡身。

百年未满先偿债，十口无归更累人。

是处青山可埋骨，他时夜雨独伤神。

与君世世为兄弟，更结来生未了因。

苏辙读诗大恸，伏案痛哭。神宗一直喜欢苏轼文章诗词，过往有苏作传入宫中，每每读得膳进忘食，称为天下奇才。狱卒将苏轼绝命诗上交，皇帝读后，一时软了心肠。新党置人死地，太多欲加之罪，退居金陵的王安石也觉得过于不堪，上书申诉："安有圣世而杀才士乎？"宫中太后与几个元老重臣好言相劝神宗，多方营救，苏轼方才得以从轻发落，贬为黄州团练副使。反对变法的元祐党司马光、苏辙、黄庭坚、王诜、范镇、曾巩等二十九人，因为和苏轼诗文往来，受牵连或被贬或受斥。

出狱后，苏轼有手帖给章惇：

轼自得罪以来，不敢复与人事，虽骨肉至亲，未肯有一字往来。忽蒙赐书，存问甚厚，忧爱深切，感叹不可言也。恭闻拜命与议大政，士无贤不肖，所共庆快。然轼始见公长安，则语相识，云："子厚奇伟绝世，自是一代异人。至于功名将相，乃其余事。"

苏轼落难黄州，章惇也曾去信关怀，送过药石，困急又有抚恤，与世俗人不同。为挽救旧友，章惇也曾仗义执言，顶撞过宰相王珪。原来神宗皇帝怜悯苏轼遭遇，几次想起用他。宰相王珪却说苏诗有"此心惟有蛰龙知"之句，"陛下飞龙在天而不敬，乃反求知蛰龙乎"。章惇以为，龙并非单独说人君，人臣也可以是龙。皇帝说："自古称龙者多矣，如荀氏八龙，孔明卧龙，岂人君也？"退朝之后，章惇反问王珪："相公是想灭了苏氏一族吗？"王珪有些惭愧，搪塞是御史中丞舒亶说的。章惇不屑道："人家的唾沫，你也愿意吃吗？"事出王安石的弟弟王安礼之口，王巩《闻见近录》书中有记。

下狱一百多天，身心俱损，被贬黄州，越发压抑，痛感世味薄凉，知道了宦海险恶，苏轼诗文从此沉郁从此激荡，跳出了怀古伤今，回归了欢乐畅快、旷达舒豪。黄州固然是苏轼人生最艰难的四年，同时也是他诗文最辉煌的四年。楼头天空依旧，日月依旧，星辰依旧，清风依旧，于是下笔常常出入古今天地。大江东去，淘出千古风流人物，文脉的巨浪缓缓流向黄州，《念奴娇·赤壁怀古》和前后《赤壁赋》跃然纸上，墨色灿烂。

诗文换不得酒食，苏家生活每每陷入困顿，友人向知州申请将黄州东门外一大片荒地拨归苏轼耕种。闲来无事，苏轼带着家人开荒劳作，管这块地叫东坡，自号东坡居士。雨点纷落，东坡洗得格外干净，月亮的光辉也变得清澈。山野中人在东坡闲游散步，拐杖铿然的声音引得诗兴大发。

众宵小隔岸观火，看见灿星明月坠落污泥，幸灾乐祸。小人不明白的是，白玉污泥，人为白玉叹息，而更厌弃污泥。污泥永远也改变不了白玉之性。凤凰落难，野鸡忍不住得意鸣唤，露出野鸡本性。老虎落难，狗想上前咬一口，开口便是可憎的獠牙。利来利往的人走了，喧嚣散后，一月如钩天如水。

父丧服丧，母丧服丧，更一贬再贬。虽少年成名，苏东坡并没有多少鲜衣怒马的良辰美景，为官不过数载，少有如此天才者却那般不得志的人。几十年笔墨生涯，诗文却鲜见颓丧，有的都是生活之乐，恣意阔达。多少人在困顿时读苏东坡，抒胸臆，慰心绪，寄愁肠，与新月旧曲，共谱一曲少年游。最是少年心事让人流连。

变法冒进，用人不善，新政弊端越来越多，神宗在朝堂上勉力维持，内心不禁左右摇摆。恰好西夏皇内乱，赵官儿希望雪耻、节省"岁赐"，于是出兵入夏，双方两次大战，宋廷皆败。几年后，不到四十岁的皇帝在福宁殿忧郁而逝。哲宗年幼，虽继位，却不能接掌皇权，高太皇太后垂帘听政。反对变法旧党司马光和苏氏兄弟渐复起用，新党重臣章惇改知枢密院，列为三奸和四凶之一。苏东坡召回东京重用，一年连升三次，官至翰林学士，知制诰。

司马光甫入中枢，背依高太皇太后，彻底废除新法，极力打压新党，对变法派逐个击破，或贬或黜。政治的事，向来没有什么儿女情长。但苏东坡并没有附和，经历过生死的他，只想安安静静地做个官。初任右司谏的苏辙到底年轻一些，上奏章让皇帝罢免章惇知枢密院职，着力挞伐、痛斥他居心叵测，得行巧智，以害国事。章惇被贬知汝州。苏东坡爱民，深知变法之弊，一边是朋友，一边是大义，古人杀身成仁，舍生取义，毕竟是元祐旧人，也只好上奏：

　　王安石用事，始求边功，构隙四夷。王韶以熙河进，章惇以五溪用，熊本以泸夷奋，沈起、

刘彝闻而效之，结怨交蛮，兵连祸结，死者数
十万人……

当年章惇招降五溪边民，此迹是仕途光明之举，
更是他颇为自得的功绩。章惇遭贬，内心自然有愤
恨有不平。而他性格不甘人后，本来就充满狠戾。
想当初，二人陕西任上，结伴同游，万仞绝壁，只
有横木架桥，章惇推苏轼过去，苏子胆小，哪里能
走半步。他却稳步走过横木，提起衣服，拽绳索在
石壁上下游走，神色不动，以漆墨大书"章惇苏轼
来游"几个字。苏轼拊其背说："你必能杀人。""何
也？""自拼命者能杀人也。"章惇大笑。一次二人
小饮，听说有老虎来了，借酒劲同往观之。离老虎
数十步外，座驾不敢上前。章惇加鞭向前，说我自
有道理。离老虎更近了，取铜锣摔在石头上，一声
脆响，吓得老虎惊窜而去。章惇颇有得色，扭头对
苏轼说："子定不如我。"

章惇一辈子性情豪迈不羁，在相位时以道服接

宾客，惹得一些人心里不平，觉得他傲慢。天性如此，老虎不怕，皇帝不怕。神宗用兵失利，要处死一个漕官。宰相说开朝以来，从不杀文官，我们不愿意从陛下开始。神宗沉默良久，说："刺面发配到偏远险恶的地方吧。"时任门下侍郎的章惇回："与其如此，不如杀了。"神宗愕然，章惇道："士可杀，不可辱。"神宗声色俱厉："快意事做不得一件？"章惇并无惧色，依旧说："如此快意，不做得也好。"

章惇被贬汝州，苏东坡给老友写过一封信，是为《归安丘园》：

　　轼启。前日少致区区，重烦诲答，且审台侯康胜，感慰兼极。归安丘园，早岁共有此意，公独先获其渐，岂胜企羡。但恐世缘已深，未知果脱否耳？无缘一见，少道宿昔为恨。人还，布谢不宣。轼顿首再拜，子厚官使正议兄执事。十二月廿七日。

一生牵连政治的章惇，早没有心境流连山水田园，这样的手札在他看来，并非是朋友的安慰，更仿佛落井下石。此时彼此身份悬殊，苏学士笔墨诙谐，所谓"归安丘园，早岁共有此意，公独先获其渐，岂胜企羡"，让以天下为家事为己任的人听了，怕有极大不快。进士名次尚且争先恐后，何况朝廷大计，更关乎身家前途。

总觉得苏东坡不懂章惇，东坡是庄子是孔子，更有释子心性，而章惇更近乎商鞅、韩非子。一个是文人，快意人生是诗词歌赋、琴棋书画；一个是政治家，理想是治国平天下。章惇一生朝堂，神迷变法，宋神宗、王安石业归道山，事业未竟，他怕是没有散发弄扁舟的心思。

苏东坡与章惇年岁仿佛，文书往来，也曾经肝胆相照。可惜政见不同，积怨太深，只会是铁也只能是铁，泪水从来太轻太薄。血流成河，自古一将功成万骨枯，一相功成则万将骨枯。多少父子兄弟反目成仇，致人死地。王安石、苏东坡如此高妙，政见不同，彼此得势也不相让半分。荆公晚年，苏东坡去看他，彼此方才诗文唱和，终于回到文人雅士的心境上。这一趟路，是一辈子风风雨雨后的平静，是人生如梦如幻大彻大悟。

历史舞台你方唱罢我登场，转马灯一般上上下下，三十年太长，河东河西仿佛花开花落。几年后，宋哲宗亲政，章惇启用为相，凡元祐所改，尽皆恢复，投上所好，宣仁太后，也被说成老奸擅国。旧派大小官僚一下沦为鱼肉，刀俎下虽无血光，却处处是泪影。死去的人，妻儿也受波折。

复仇的火焰在胸中一经燃烧，再也不能熄灭。得势后的章惇甚至想掘开司马光、吕公著坟墓，用兵斧砍他们的棺材。宋哲宗血气方刚，却也不敢答应，只是拆掉了牌坊碑石。

司马光重儒家理学，道德文章一流，《资治通鉴》字字如卵石，处处守礼卫道。他自号迂叟，身为一国之相，不知道土地是国之根本，着实让人一叹。任相期间将神宗朝时无数军兵用生命夺取的安疆、葭芦、浮图、米脂四寨等地，无偿送给西夏，并恢复废除多年的岁币"赏赐"。他觉得那几个寨子身处孤僻之地，朝廷难以应援，又非肥田美地，不好耕垦，地非险要，无须守御，还要分屯兵马，浪费粮食。如此行径，强权如章惇的人哪里看得惯，怕是在心里早已诛杀人家几百回了。

北方春日照例来得晚一些，初夏四月的东京也早已草木葱茏，夏色弥望。五十九岁的苏东坡拖家带口攀山涉水，举家南迁广东英州。走到半路上，官兵快马追上，苏东坡在荒山野岭接受诏令，章惇还是觉得罪不足罚，将他贬为宁远军节度副使，安置在更远的岭南惠州，不得签署公事，不得干涉政务。花甲之年的苏东坡有严重痔患，依靠马车和帆船，一路颠簸流离，苦不堪言。

惠州两年多，苏东坡苦中作乐，在白鹤峰买了数亩土地，打算终老。新居建成，欣喜作诗说"报道先生春睡美，道人轻打五更钟"。诗有脚，传到章惇耳中，他顿感不悦，说："苏子瞻尚如此快活耳！"
于是再次贬谪，这一次发配得更远，苏东坡要跨海
前往遥远的儋州了。

　　实在，苏东坡的惠州并不如意。曾屈居破败的
僧舍，蚊虫横飞，人迹罕至，荒凉至极。年近花甲
的老人，在宴请知州詹范时，有感于仕途之变，还
有人生的困境，做过一阕《临江仙》词，寥寥数语，
写尽人生酸甜苦辣：

　　　　九十日春都过了，贪忙何处追游。三分春
　　色一分愁。雨翻榆荚阵，风转柳花球。
　　　　我与使君皆白首，休夸少年风流。佳人斜
　　倚合江楼，水光都眼净，山色总眉愁。

　　春日已逝，奈何一直忙忙碌碌，如今不知何处
觅春。或许还有三分春色，但更有一份愁绪心头。
雨水打落榆荚，在空中四处飞舞，柳絮染成泥球。
我们都老了，头发花白，年少风流再也不想提起，

往事已经过去很久很久。佳人倚靠在合江楼边，水光清凉，景色很是迷人，可是我看了总是伤感。这样的诗词怕是没有人给章惇看吧，或许看了也浇熄不了胸中的恨意。

黄庭坚诗句称："子瞻谪岭南，时宰欲杀之。"此时，章惇已动杀机，欲置苏东坡于死地。章惇才识超人，也有公心，儿子考中进士，并不偏袒，只是性格过于激烈，宰相肚子能撑船，他似乎过于锱铢必较。为防民之口，居然请诏各地探察有妄言者按律论罪，一时告密之风兴盛。有人酒后醉话，皇帝也不以为意，章惇却按律将其惩处。妻子张氏贤惠，病重将死前再三嘱咐，宰相一任，不可报复别人。丧期满后，章惇不能忍受丧妻痛苦，友人劝他悲伤无益，不如记住妻子临死前的话。章惇无言以对。

流放途中，凡苏东坡经过之地，有郡守或其他臣僚待之以礼，章惇定予严惩，使得沿途州郡官员纷纷避而远之，苏家人只好在寺庙道观中歇宿。后来章惇自己被贬，零落岭南，想租用雷州一户人家房屋，房主说当年苏辙住进来，章丞相差点让其破家，不敢出租。章惇亦如商鞅作法自毙。

当年秦惠文王以谋反罪捉拿商鞅，他好不容易逃至边境，守城军士却不让出城，旅馆投宿，按照以往制定的法则，店主若留宿也有连坐之罪。商鞅只好潜回封地，出兵郑国，秦国讨伐他，终被杀，尸首拖回咸阳，车裂示众，尸身散落一地，更祸及家人。后世有人演义：四野人海欢呼起来："商君万岁——""新法万岁——"泪水挂满了每个人脸庞，却没有一个人号啕痛哭。倏忽之间，天空乌云四合，鹅毛大雪密匝匝漫天飘落，旷谷般寂静的刑场飘出悠扬的琴音。商鞅的歌声弥漫在天地之间。台下五头怪牛被无声驱赶出来，铁索慢慢绷紧，骤然间天地迸裂，天空中炸雷滚滚，暴雪白茫茫连天涌下！厚厚的雪地洒下了猩红的热血。冬雷炸响，一道电光裂破长空，接着一声巨响，怪诞的刑台燃起了熊熊大火！刑场陷入茫茫雪雾之中……真实的历史哪有如此悲壮的诗情画意。《战国策》说商君归还，惠王车裂之，而秦人不怜。非独秦人不怜，我也不怜，虽哀其人却恶其事。

庙堂机枢，纷乱如麻，一念之中，多少生死多少悲欢。苏东坡自然是妙人，章惇也并非一张奸诈脸谱。只能说造化弄人，彼此都钻进了尘世大雾。大雾弥天，局中人不知南北，旁人更难辨东西。

苏东坡六十二岁那年，再一次被贬。同时受贬的还有苏辙、黄庭坚等人。此回贬谪地，尽属章惇授意，苏东坡字子瞻，瞻字似儋，贬往儋州；苏辙字子由，由雷相类，贬往雷州；黄庭坚字鲁直，直宜同底，贬往宜州。戏弄大贤于股掌之间，如此游戏，翻手覆手为云为雨。据说有方士测字，苏东坡贬儋州，儋字立人傍，立者，起立之意，东坡老先生还能北还；为雨在田中为雷，老天恩泽，子由当能赦免；宜字最凶险，直盖棺材，黄鲁直大大不妙，恐怕不能生还。数年后，东坡遇赦北归；子由也回到颍川养老，十余年后才作古；一言成谶，黄庭坚果真死在宜州。

《老学庵笔记》谈及黄庭坚之死，陆放翁文辞清丽，读后总觉得有怅然。到宜州时，一无可住官宅，又无民房租借，黄庭坚只好委身一处城楼上。屋子低矮潮湿狭小，秋日酷热难熬。有一天，忽然下起小雨，黄庭坚喝了点酒，微微有些醉意，坐在凳子上，从栏杆间伸脚到屋外淋雨，回头对朋友说："吾平生无此快也。"未几而卒。

儋州那样的地方，在宋朝，属于化外之所。再乐观，再淡然，毕竟垂老投荒，苏东坡并不作生还的念想与希望了，将眷属留在惠州，只身携幼子苏过去往贬地，与家人痛哭诀别。出海的日子到了，风和日丽，依旧是孤帆远影碧空尽，但心境不像李白当年黄鹤楼下送孟浩然之广陵的爽然。船离岸渐远，苏东坡也因为害怕而眩栗丧魄，索性听之任之，幸好过海无虞。

上岸的时候，又踏实又凄凉。苏东坡最初的打算，去海南后，首当作棺，次便修墓。老夫带着幼子，形单影只。黄州时，还偶有烟火之美，刚到惠州时，守官安排他住在风景秀丽的合江楼，元宵节办酒宴请他观灯。雷州南行，太守张逢设酒筵相待，派士兵护送而行。到达徐闻县的递角场时，县令出迎于海上，洗风接尘。这一次前往儋州，苏东坡回避一切。自琼赴儋期间，苏东坡接连给守官书信，婉拒相会。

　　酷热的七月天气，苏家父子终于抵达儋州，暂租公房蔽身，老屋年久失修，下雨时一夜三迁，当地官吏张中景仰东坡，派人稍加修葺，遭小人告发，将苏东坡赶出来了，并责罚张中。苏东坡只好在桃榔林中自己动手搭了一座茅屋，自命为"桃榔庵"。庵中食芋饮水，著书为乐。奈何夏秋之交，屋里潮湿，物品皆腐坏，到处爬满白蚁，也有虫蛇进出家门。当真是食无肉，病无药，居无室，出无友……贫瘠的时光，百无聊赖，邻舍小儿读书声也能让苏东坡欣喜若狂，"引书相与和，置酒仍独斟。可以侑我醉，琅然如玉琴"。

　　寂寞愁苦，苏东坡或作书信诗词文章遣怀，或煎茶为乐。城南有不少水井，可惜皆带咸味，只天庆观甘泉甘美，色白如乳，苏东坡常趁月色到那里汲水煎茶。

来到儋州第一年的冬日，风雨连绵，海道断绝，不得家书，苏东坡一连了作《和陶停云四首》寄苏辙，致怀念之情，更将所和陶渊明一百多首诗编成集子寄给了他。最苦的事，是无书可读，幸亏百姓家里有几册柳宗元诗文，尽日玩诵。同病相怜，也是志趣近似，儋州的苏东坡，最喜欢陶渊明和柳宗元。偶尔想起新旧之争，心里也还有不平的波纹，作诗记刘贡父戏王安石轶事，讥他多思而喜凿，作诗批评《青苗法》。

环境险恶，比惠州也不如，诗中说"如今破茅屋，一夕或三迁。风雨睡不知，黄叶满枕前"。这样的句子传到章惇耳中，想必颇让他解恨。张中喜欢下棋，常邀苏过与之为戏，苏东坡常常坐观一整天，不以为厌，还作《观棋》诗。偶尔有客人送酒来，小饮薄醉，作《试笔自书》。到底是太寂寞吧。有人赠蚝，作诗，有人送酒，作诗。年老多病，无聊寂寞，有时到东家吃请，有时饮酒后与苏过逗趣，甚至在三岔路口数过往的行人。

在儋州的苏东坡，和光同尘，融入天地百姓，鼓励当地土人种植地黄，以救人命。有人斗殴受伤，苏东坡帮他疗伤，以家传药方治愈了他。儋州土俗，男子常常在家闲坐，女子则要外出务工养活家庭，所谓"坐男使女"，苏东坡见此风，总好心劝乡民以勤劳为重。乡民黎子明之子被继母恶语伤害，出走数月，东坡买酒送其归家，父子和好如初。黎家兄弟和苏东坡来往频频，夫子还与他们谈论农事。偶尔相谈太久，归家时，途中遇雨，从路边人家借笠屐着归，大概是不合身，妇人小儿相随争笑。后人据此作画《坡仙笠屐图》。今天的儋州东坡书院西园花圃中还有东坡笠屐铜像，记的即当年事。

生活太苦了，除夕夜，访友，食得烧芋，苏东坡大喜，作诗以记。不过以山芋玉糁羹而已，老夫子以为色香味皆奇绝，人间绝无此也。穷极时，苏东坡有绝粮之忧，还打算与儿子行龟息法，下笔作《龟息法》作《老饕赋》。《龟息法》一哭，泪中含笑，《老饕赋》一笑，笑中有泪。据说苏东坡写过墓志文，封存给相随的人，不让儿子苏过知道。

春天，苏东坡去百姓家里做客，黎家儿童吹葱叶奏歌迎来送往。走在黎族人家村落，晚归的村民牵牛走在路上，扛起锄头的农夫与夫子迎面而过，几个幼童怯生生看着这几个行路的生人。北宋的暮色淡淡的，无边无际，农家炊烟袅起，山野饭食之香飘了过来，路边村犬乱叫，突然生出诗意，苏东坡随口吟道：

野径行行遇小童，黎音笑语说坡翁。
东行策杖寻黎老，打狗惊鸡似病风。

车出了儋州城，黎家田野在望，车窗外仿佛还有一个布衣古人背负着大瓢且行且歌，又潇洒又落寞，大抵还有几分之前的模样吧。

不知不觉，苏东坡在儋州生活三年了，二十出头的宋哲宗一病不起。朝中诸人商议继承大位事，章惇欲立简王赵似，向太后想立端王赵佶，众臣附议。章惇只好奉召，见面后，说端王轻佻，不可君天下。枢密使厉声斥责，说一切要听皇太后安排。历史似乎证明章惇识人颇准，后世评价端王赵佶，所谓"诸事皆能，独不能为君"。

金军南下攻取北宋，东京之战失利，金帝废宋徽宗与子钦宗赵桓为庶人。两个宋朝皇帝，连同后妃、宗室，百官数千人，以及教坊乐工、技艺工匠、法驾、仪仗、冠服、礼器、天文仪器、皇家藏书、天下州府地图，外加无数珍宝玩物被押送北方，汴京中公私积蓄掳掠一空，北宋灭亡。

囚车一路向北，押送途中，宋徽宗受尽凌辱，妃子也被金将强行索去。到金国都城后，赵家父子两个六神无主，勒令穿丧服谒见金太祖庙宇，意为献俘。宋徽宗居然被金帝封昏德公，以示轻贱。堂堂皇帝，关押囚禁致死，浑身长满虱子，他会不会后悔，当初索性做一个端王，或许得以善终。读史至此，总会遐想，倘或不是赵佶当皇帝，瘦金体会如何？会不会有靖康之耻呢？可惜历史没有假设。

却说端王即位，大赦天下，苏东坡得以归还。

要离开儋州了，结下厚谊的父老乡亲纷纷携酒馔肴食前来相送，执手泣涕而去，伤感地说："此回与内翰相别，不知甚时再得来相见。"虽然日日夜夜盼望着回到中原，面对此情此景苏东坡也不禁依依不舍，定然是死别了，彼此都有依依不舍。更有盛情的人，不甘心就此匆匆别过，挑着米食随苏东坡一路走了几百里地。

赶到海边，归心似箭的苏东坡，一刻都不想等。那是个没有月亮的夜晚，四周漆黑如墨，老人心事连绵，年轻人气血足，儿子苏过在身侧倒是睡得沉稳，轻轻鼾声伴随着四周的轰然的海潮。风浪太大，苏东坡有些埋怨自己冒失，惊惧难以平复。抚摸随身携带的那些文稿，心情才稍稍安定了一些。天不灭苏东坡，天不灭斯文，到底平安到达了合浦。

儋州人真爱苏东坡，至今当地有东坡村、东坡井、东坡田、东坡路、东坡桥、东坡帽等，还有一种"东坡话"。

赵佶继位不久，章惇罢相，苏东坡听闻讯息，惊叹弥日。到底，心里还是将他看作朋友的，私信里感慨，贬地虽远，好在也无瘴气，为章惇庆幸。

朝廷上下以为苏东坡此回要入相，章惇之子章援害怕报复，手书为父求情，不多时收到回信："某与丞相定交四十余年，虽中间出处稍异，交情固无所增损也。闻其高年寄迹海隅，此怀可知。"信中还说"但以往者，更说何益，惟论其未然者而已"。一切都过去了，不必再提，好好保重身体吧。听说章惇身体欠佳，更寄去药物，希望他能早日康复。苏东坡早已经忘记了陈年旧事，只有青年旧友残烛相照。黄州回京，绕道去金陵看望王安石，从后来的信里看，他应该也愿意去与章惇相会，纠缠了一辈子，彼此都老了，残年茶酒畅聊往事，只是几番折腾，苏东坡太虚弱了，只能临纸惘然。

太多人大爱苏东坡，指责章惇品行不好，甚至有人以为他是个小人、庸人。历代居宰相位者，章惇也属能臣一类，一个可以做王安石盟友的人，更是苏东坡半生知己和半生政敌的人，看他一生踪迹行径，其实也有不合时宜处。除了谋略，章惇也有事功，用心水利，修汴河，治黄河，导淮河……更征服西夏，令其称臣，攻灭吐蕃，开拓了西南疆域，巩固了国防。他和沈括一起管理军器监，还研究出新式战车。当时也有士大夫评价他：承天一柱，判断山河。邵雍说天下聪明过人的只有两个，程颐和章惇。宋徽宗赞他"弼亮三世，劝劳百为，上以赞乎天工，下以定乎国是，庙堂鲠议，操守一心，帷幄深筹，决胜千里"。同朝为官的人，要么说章惇骨气清粹，真神仙中人，要么说他性豪迈，颇傲物。不像后世一味贬损。

林希是苏轼友人，投靠章惇，颠倒是非，丑诋苏氏兄弟。时人称他有文采，苏东坡不禁揶揄，林大亦能作文耶？终其一生，苏东坡从不言及章惇不是，向来看重有加，说他奇伟绝世，自是一代异人。只有一回，某客说章惇日临《兰亭》一本，东坡笑云："工摹临者非自得，章七终不高耳。"时人见章惇在三司北轩所写《兰亭》两本，觉得诚如坡公所言。一生变法，落笔作书却尚法，此亦奇哉。

章惇自况其书如"墨禅"，黄伯思曾经盛情赞誉过他的书法，说精巧不及盛唐，气势远迈褚遂良和薛稷等，晚岁更有王羲之风度。章惇存世有《草堂寺题记》和《会稽尊侯帖》，用笔遒劲老练，气势雄盛，完全不输米芾。苏轼风行水上，章惇晚年也说书字极须用意，不用意而用意，皆不能佳。

机智和愚蠢，胆略与刚愎，高招及昏招，章惇兼而有之。朝廷党争，在危机中纠缠的复杂心态导致了此后的性情。苏东坡早早做了地方官，民风在心里浩荡。章惇却一直高居朝堂，和王安石一样，只知变法之利，却无视其中弊端。

多少能臣多少要人，深陷宦海，丢了本性。章惇后来也一贬再贬，一度还贬为我的故乡舒州任团练副使，最后终老于江湖之远。功名成空，富贵如梦，相公不如自在田舍翁，再看当年苏东坡的手书，况味或许不同。那一封《归安丘园》手札，章惇一直保存在身边。展读旧信，天涯沦落人会不会回忆陕西任上的放诞，会不会想起同游的时光？共饮的往昔，觥筹交错，诗文风流，那是他们最好的年华，岭南寂寞的天气里，往事如海风吹过。

政见夹杂私谊，让私谊坦陈在内心天下大义面前，一切都会扭曲变形。心无界也有限，装下仇恨，就放不下爱意放不下温暖，放不过别人其实是放不下自身。《金刚经》上说看破、放下、自在，多少人求自在，但连第一关看破也做不到，更遑论放下。

苏东坡用心老庄释道，一生戒贪戒嗔戒痴。佛家视贪嗔痴为三毒，是人生根本烦恼。嗔尤为可怕，又作嗔怒、嗔恚等，对众生或事物不满的而生恼怒。因嗔怒他人而起仇恨，遗祸无穷。因而嗔恚是三毒中最重的、其咎最深，也是各种心病中最难治的。

章惇为人处世，常有大嗔，纠结往事，被仇恨蒙蔽双眼，到底活在可怜的人间，乃至《宋史》将他列入奸臣传。苏东坡游离风雨，得了心灵的逍遥，才能上可陪玉皇大帝，下可陪卑田院乞儿，眼前见天下无一不好人。古人感慨苏东坡不得相位，或者是其幸。更有人说苏东坡稍自韬戢，虽未必得到重用，亦当免祸。只是改了本性，那还是苏东坡么？

多少得意多少失意烟消云散，五花马垂垂老矣，笑春风的桃花早已凋谢，大树枯死多年，花圃也无影无踪，昔日巍峨的宫殿只剩黄土，与花相映红的人也化作春泥。笔墨写下的诗词文章书法，穿过历史星空，闪闪发光。

当年一门心思欲置苏东坡于死地的舒亶，后来势败如山倒之后，作词《失调名》自况："十年马上春如梦。"心中再无锐气，只想寄情诗词文章，一点点捡回丢失的文人气节。

权势散去，肉身渐朽，尔虞我诈得不到内心的从容。钩心斗角爬上悬崖，才知道原来得不偿失。

儋州城东村中有一老妇人，常负饭具于田间行歌。一日，她唱着山歌走在野路上，巧遇苏东坡。东坡见其人通透，随口问：

世事何如？

只如春梦耳。

为何？

翰林昔日富贵，一场春梦耳。

苏东坡一时愣住，站在路旁叹服良久，因而称老妪为"春梦婆"。

苏东坡的春梦醒得早，夜间风雨尚未吹散庭院的杏花，黯淡的晨光里几朵蓓蕾在枝头固执不去。章惇的春梦冬日方醒，北风大作，枯枝零散一地。

这回真老了，六十几岁的苏东坡自儋州跨海归来，一路天气炎热，受苦受难，途中听说秦少游死了，又惊又痛，一下子就病倒了，病了好，好了病，反复几次。第二年夏天，又因中暑染上痢疾，征兆凶险，再也起不来了。

那日，病榻上的苏东坡对家人说，我一生没有作恶，死后不得坠入地狱，你们无须哭泣，让我坦然往生就好。死前三天，又给方外朋友作信，说死生无足道，唯为佛为道，为众生自重。病重时，和尚在耳边大声提醒不要忘了西方极乐世界，苏东坡诙谐依旧，气若游丝地答道："西方不无，但个里着力不得！"身边一人凑近耳畔大声道："更须着力！"苏东坡越发俏皮，回说："着力即差！"

中年后的苏东坡，总是不着力，随缘随喜随遇而安。其文章诗词之好，也正好在不着力。艺之道，不着力不得入门，但着力即差，其中微妙，入了法门便知。

鸠摩罗什死前，让弟子诵读西域神咒，以为可以免死，还是躲不开大限。苏东坡更潇洒，大限将至，让家人给他沐浴，改穿朝衣，谈笑而化，胸无遗憾矣。时人作悼文说：道大难名，才高众忌。

从前多少年，道大难名，才高众忌。此后多少年，还是道大难名，才高众忌。众忌并不能让高才低了几分。苏东坡死后，吴越不少人在集市上相与而哭，几百个读书人去寺庙祭奠致哀。

苏东坡过世五年后，七十一岁的章惇也死了。心头的恨意想必早已随风而散了吧，放下毒蛇放下猛兽，让它们归往山林，毕竟早已不是摔锣惊虎的年轻人了。一辈子斤斤计较，一辈子追名逐利，到头来两手抓不走一根稻草。

苏东坡一生好名节，有大善，才意高广。他在元丰不容于元丰，人欲杀之；在元祐则虽与司马光诸人议论，亦不合群。苏辙最了解兄长，给亡兄作墓志铭说："其于人，见善称之，如恐不及；见不善斥之，如恐不尽；见义勇于敢为，而不顾其害。用此数困于世，然终不以为恨。"苏东坡的人生体会，在群山之巅，超越了世俗名利。

庶民如尘土，帝王亦如尘土，权倾天下是空，浪迹江湖也是空，不如将心性回归到一茶一饭的自适与一花一叶的自然。纸上相会，多少人视东坡为挚友为知己，不离不弃，人爱的是千古风流，人爱的是坦荡磊落，更爱那一肚子不合时宜，爱其生活禅。苏东坡是面镜子，很多人揽镜自顾，或羡慕或向往或敬仰，偶尔也略有心影的重叠。

时间倒流，还是仁宗皇帝当朝，那年十二月十九日，眉州眉山，始知读书才几年的苏洵，妻子又产下一子，年近而立的父亲给儿子取单名轼。轼，马车上前方的横木，取默默无闻却扶危救困不可或缺之意。或许有天意。苏家的这个儿子，一辈子舟车劳顿，何止黄州惠州儋州，还有杭州、密州、齐州、徐州、湖州、汝州、常州、定州、琼州、廉州。又曾以朝奉郎之职任五天登州知州。

说到登州，京剧演绎三家店故事，隋末，靠山王杨林因程咬金等聚义瓦岗寨，命差官罗周将秦叔宝提至登州问罪。太阳渐渐西垂，夜宿三家店，思念亲朋，不胜愁闷，落难的将军一身凄凉苦楚，发出阵阵嗟叹，语调凄凉苍茫，唱道：

将身儿来至在大街口，尊一声过往宾朋听从头。一不是响马并贼寇，二不是歹人把城偷。杨林与我来争斗，因此上发配到登州。舍不得太爷的恩情厚，舍不得衙役们众班头，实难舍街坊四邻与我的好朋友，舍不得老娘白了头。娘生儿连心肉，儿行千里母担忧，儿想娘身难叩首，娘想儿来泪双流。眼见得红日坠落在西山后，叫一声解差把店投。

苏东坡并非秦叔宝，但人情近似，心情近似，亲情近似。多少回霜天凛冽、黑夜星稀，头顶一声声大雁孤嘶，多少回黄昏夕照、晨风冷露，苏家几口人走在流放途中，不知身在何处，前路漫漫，行经荒郊野岭，鸣虫乱叫，残阳也不忍久视，早早下了山。

二〇二二年六月二十七日，黄州

《琼黎风俗图》

黎人擇地建屋廬止一間男女同處一二年間
地療力薄棄而他徙其屋形似覆舟或茅或蓁
或藤葉被之門皆倚米而闢穴其傍以為牖屋
內架木為棚橫鋪竹木去地三四尺不等名有
高欄低欄之分而製無異上居男婦下畜雞豚
生煮黎黍如此稍異者燕黎屋內用棚通鋪前
後厨灶寢處並在棚上生黎則欄在屋後前為
地上下挖窨列三石以置釜席地炊煮惟於棚
上寢處此其大畧也

舟居非水類焉方人物差分上下林䕄興
有巢民識得漸來棟宇認虞唐

黎地不產棉織不諳蠶桑無紡車機杼之製惟
揉木棉樹之實取其棉以竹弓彈為絨足紉手
引為綹染為紅黑等色搓以麻及與外眼兒換練
絨織為布名曰吉貝或學山麻級綟織而揉樹
皮汁染為皂色以五色絨襟繡其上名曰黎布
織布之法褪其經之兩端各周小圓木一條貫
之長出布瀾之外一端以繩繫圓木而圍於腰
間以足踏圓木兩停而伸之於是加繪為以
漸移其木而成正亦不可謂不巧也

不蠶蠶桑小種棉織來吉貝錦文連
其傳黎揮今多巧遠迓珠崖入漢年

黎內耕耰之法力農之其均其內
地無異但運禾睠圃每日計所食
取出置名中春之打禾碾朱栗不
知也生黎不知耕耰作而足之
時維羣牛於田往來踐踏後水土
交馳以手佈秜於上不撥不耘收

不稼不穡胡取禾生黎甚拙速
年多近秦頗受思文教學人原

巖朗厚寫

女美臭簫男嗜琴　百年同穴
為知音闥闈亦有　和聲應沐
浴周南取次深

黎人婚至六礼每於春夏之交男妇至深山幽
野間男彈嗜琴妇弄鼻簫迭唱歌柘臺相抜
贈答多者為知音即訂偶琱其鼻簫截竹為簡
束二孔以手撫之就妻口吸作聲嗜琴薄銅為
之長四寸許寛約三分中鑿成小空以口喻銅
以手撈舌鞁鞁鳴也

姬應廷宣

男女自相悅慕之後男隨記媒持綵線登女門女
于親手承接謂之結綫議定牛若干隻吉貝若干
件先以楮栁訂婚隨條牛酒吉貝等物至女頷
繡面之式女家會親屬女伴以刀刺女半面為紋
涅以靛女面經繡則光者遂不敢犯矣二三日後
男家姑嫜携男至女家女父母令女蒙被而出男
即負女於背女春舂自後擁之而歸稱貧富出吉
貝多少為卷其男納婦後即另洞以居云

繩結明牽月下絲搖栁吉貝
洞風宜紵絟巫新即瑨王

墦黍汙樽古未遑　酒狂鼓自陶之廢

黎本識尊親義穀歌甜栗　聖朝

黎人至名序每折十月後稻熟作秋社牛酒相饗令或

迎婚北市可名為作醮家未畢先飲擇空地置

以缶辭客可畜牛羊雞鴨大家之類而至之男女

席地而生飲以竹筋就辭而收互相捲阛畫譚為

郭徒誹吹銅鼓銅鼓有拿米或以木為架置其

上一人嗼鈊擊歙呼謂之踏歌居其歲者皷彃其

賴以木為龍筌取食或以手捨我围兩合無碗者

為此黎更不知烹宰拃取菌用荷射更不去毛

不剖腸臟以葉榖就保刀割食罢四省聊發戒利

木有三稿有太古之意焉

鄭文壆

病不知醫但識神割雞跳鬼
意誠脆看来却免庸醫誤堂
得羋平作壽民

黎人無醫藥病惟跳鬼數十人
為群擊鼓鳴鉦跳舞呼號或取
雄雞紅色者割之見血用祈禱
謂之割雞海南俗多籲叫雄歌
人為九尚云
三錫廷宣

沉水香乃結方樹膜中生深山之內或陽或現其雲興
不可測但不欲為人知者識香者名為香仔數十萬株
攜集於山谷間相牽祈禱山神今行採膜紀虎豹蛇
虺殆而不免及護其互根主幹在枝外不能兔香
仔以荅訣其根而禱之即知其結非何唐破樹而取為
其訣不可得而傳又若天生此種不使香之終於埋沒
也然樹必百年而始結又百年而始成雖天地不愛其
寶而取之無盡亦生之不易窮香之難得有由集也

百歲深巖若樹根敢根琤
譬水沉右太平神巖懷父
斂出名香貢
九閣書

藤生黃白二種藤產於石巖之上
長數丈外販造家其中惟藤人採
取藤之無業者競趨之藤內生產
藤為最饒每歲運至海口分販各
省均類其用利亦溥矣

五指山中茂產藤
昔年蠟風城春陌鞭神駿
三夫藤縋萬里曾

割刮
貪藜
雙
黃
蘇

三錫室

楠木荅梨出海南
谷人水運畫

鉒語明堂椽栊
神靈捕陸溷駕
濤胒段甘

楠木花梨善木可儲採取者必產深洞峽崴之上癉
喜極惡之鄉外人難於攀附易至儲生不得不取資
於黎人每伐一株必經月而成材合眾力推放至於
山下澗中候洪雨流急始編竹木為筏縛載於上一
人棄筏隨流而下至溪流陡絕之處則急維身浮水
前去木因水勢衝下筏如山崩及水棒稍緩後乘出
黎地常有水急勢重人在水中為木所衝而斃木亦
隨深浚者亦有木隨水下扛史不反隨水出海付之
洪濤者運木困未易云也

洞長傳將箭若符黎男黎
婦子來趨蠻荒萬里
天威恐總怕官衙兩革硃
黎內無文字其洞長有事
傳呼則截竹縛藤謂之傳
箭以次相傳羣黎見之即
趨赴不怠若奉符信然
三錫鄧廷宣

黎人資食於田取餼於山
其富視牛之多寡不以金
銀為寶惟外客販賣絨線
布匹入黎男婦爭以香藤
等物彼此交易廣潮黎民
常因此致富云

不惜瓦藤不惜牛廣紗潮布換來收
這等攪覺不冠美好入上不鞍入縣州

溪中裕水最多每遇大流急难

往涉溪人往来山险报围绝大壶

庐苇轻身间五於溪流漉庐则遭

手抱之浮水而进雑筈纲者不结

如其绝挂亦有於山中取竹来作

一捆縈其浮桥夹之而渡者

溪母山似骝舟凉艳衣作撑逐深

滋情形性習且烟渡王汉無废议

葴杠

黎人藝悍性成困期一言不合撼捷奇矢探
喉相尚有不可遽釋之勢若得紳人徑中一
間刱临並而解玉於紅布纏郎祥以雖
明以角為牛以牛若騎不遑相傳甚戕
之糺未甞年有如此者京聞宗聞而熹心
復爭本不焉有顏緒面人
猶禮裁峒亙日生黎仇殺
少都知官法產彵山

三錫堂

黎地崇山重叠溪河環繞山獸水族蒙生實繁蒙人
或射不有舟或编竹為排網普鉤以為捕人所用的弄
内地無異各有泥水方椒以弄射之者
則入水護取矢下塵藤標刎人携一大總入潭山大
歧即知戴之所至澤趁逐之戴以弄等或以標鎗期
枝笙烤標於玉裂以木為
最利其方壓木為把刑藤為弓等利不為之小標鎗
瑩荆竹為普铁镞苫稻弄経而勃矣利石弃故鎗泉
中為
標戳山中　水射寒摇摇澤刎孥兔五一年正课
全寫军娉戳章摇东有句
丙子中秋前三日

瓊州黎人居五指山中者為生黎不與州人交其外
熟黎雜耕州地原姓黎後多姓王及符熟黎之產半
為湖廣福建奸民亡命及南恩藤梧高化之征夫利
其土占居之各稱首自洪武壬子叛亂命征南將
軍鄧愈計平之越二十三年乙亥復命征南將軍
沐英征討將領貪功殺戮無辜時姬應以按察司簽
事參預戎事目覩誅夷之慘繪群黎歸附及黎民風
俗十五圖倂各記以詩以志歸順之誠上之將軍將
軍沐英為之進呈蒙太祖嘉獎賞賚甚厚姬應名廷
宣一字三錫蜀人順治乙酉秋七月

餘姚晦木黃宗炎題

下卷

黎歌

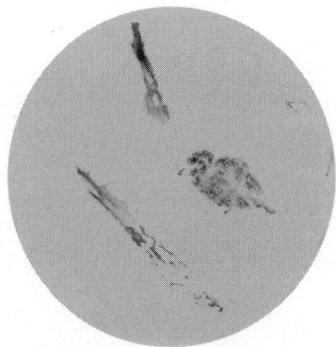

江山大美

　　车行无声，一路南行，困意袭来，小寐了片刻，醒来，不知身在何处，茫然四顾，周遭皆山，大大小小的山像绿泥从天而降，砸成一坨一坨碧翠的疙瘩。一日落雨不绝，城中雨只在头顶一片天空，乡野雨漫天漫野，处处皆雨，几十年，几百年，几千年，几万年，千万年，亿万年……不知停止无有疲倦，心头不禁飘着雨丝，有湿漉漉的潮气。

　　过了山过了河，雨一路跟随，尾之不去，连着烟连着雾连着云。江山真有大美，无言以对。草木越来越近，入得山里，是黎家村落，村名颇奇，光一、光二。村人盛情，舞之蹈之，簸箕舞、背水舞、跳锣舞、竹竿舞，皆从生活中出。汉画像砖里有类似的剪影，几千年时光顺流而下，民间心性从未改变，南北无双。山水因为人物鲜活，山水从而增色。世间如此美好，好者，女也，子也，快乐的男男女女。肉身历世，掺杂苦热，佐以酸辛，来吧，唱歌吧，跳舞吧……一时心生温暖。

夜宿什寒村，去年夏天来过一次，当时站在村口，心想这样的地方，一面就是永别，岂料今日又来了，缘分可谓深也。人生兜兜转转，拐弯处似曾相识或者柳暗花明或者山穷水尽。

晚饭吃村里人家长桌宴，也是旧相识：烤鸡、牛肉炒尖椒、香炸排骨、河鱼、河虾、捞叶煎蛋、蒜炒南瓜、树仔菜、凉拌黄瓜、蒸地瓜、水果。一道野鹿舌菜为五指山特产，急火爆炒，色泽青碧鲜美，口感清香嫩滑，嚼之脆然有声，用它烧汤，滋味也好，几丝幽苦从舌尖一唱三叹，渺不可寻。

睡前读梁启超的集子，当年梁夫人病危，缠绵病榻半载，梁氏陪侍，读诗词自遣，将前人句子集联以戏，久而久之，得二三百副，经常写赠友朋，至今遗墨尚多，其中有云：

春已堪怜，更能消几番风雨；

树犹如此，最可惜一片江山。

上联出自张炎《高阳台》和辛稼轩《摸鱼儿》，下联用桓温典本，出自刘过《水龙吟》和姜夔《八归》。当时有论者感慨，集句如己出，伤心人别有怀抱，于此见之。随即战事纷起，风声鹤唳中，不少人再读饮冰室集联，不禁为之黯然。中年始健忘，心性犹怀古。天下哪有新鲜事，历史之光可以照进现实的角落。顾炎武《日知录》说："保国者，其君其臣肉食者谋之；保天下者，匹夫之贱与有责焉耳矣。"梁启超乃云："天下兴亡，匹夫有责。"

雨声紧了，砰然打在树叶屋顶做遥远的鞭炮声，被窝里听来，恍惚以为是某年除夕夜。雨下了一夜，睡眠颇好，几次依稀听见疾雨打篷声。夜宿山寨，仿佛躺进了唐诗宋词。清晨起床，满目的绿，越发是宋词风味，是秦观《好事近》：

春路雨添花，花动一山春色。行到小溪深处，有黄鹂千百。

飞云当面化龙蛇，天矫转空碧。醉卧古藤阴下，了不知南北。

何止不知南北，更遑论东西，也无论魏晋。雨后什寒小村幽幽像梦，溪流涨水了，木瓜挂着雨滴，紫荆花开得正好，经过一夜风雨，满地花瓣，像伫立一庭的蝴蝶，几头黄牛在草丛里各自安详，吃草安详，张望安详，蹭痒安详，甩尾安详，目光安详，看得人心里安详。

史书上说，什寒曾是古代驿站，晚清民国年间，有传教士从此地徒步经过。难怪鸟瞰村落，恍惚有岁月苍茫感。

村口有山兰稻田，谷穗低垂，青黄相接，禾身不高，却有傲骨在腰的感觉。宋人文章说李白腰间有傲骨，不能屈身于人。一笑，多少人为了五斗米折腰。人到中年，懂了杂剧里的话——男儿有泪不轻弹，只因未到伤心处。

喝过山兰酒，吃过山兰饭，没见过山兰稻。山兰稻属旱稻，旧年老家有人种过旱稻，产量不高。史书记载，山兰稻种于山中，黎人砍山栏耕，烧林成灰肥，无须牛力，以锥土播种，不加灌溉，所谓靠天收也。少则三两年，多则八九年，即行抛荒，另外择地播种。一方风物一方民情，黎人乐天知足，亦有山兰稻心性。最喜欢红山兰米酿，绯红色泽，深情在焉，不独如此，更有款款风情。

车行不歇，又去黎母山，途中森林茂密，枝叶苍翠，清流缠绕。有瀑布从车窗掠过，白色浪花激荡成潺潺溪水，一路顺势而下，与万物相会，奔赴大海。停车远眺，一条细长的小蛇在潮湿的地上游离蠕动。

二〇二二年十月二十五日，琼中

船形屋

又是一夜雨，海南成了江南，有了杏花烟雨婉约之境。雨滴晶莹剔透，洗了浮尘也去了喧嚣，像诗词说的，清晨的微雨湿润了地面灰尘，客舍屋顶一新，柳色更见青翠。

江南干旱太久，江北也迟迟不见雨滴。连阴雨断断续续飘着，雨乡在云，天上云聚云散，地下雨骤雨疏，淋湿了山头淋湿了村落，是黎家初保村。

村民旧居船形屋，几十间房子顺山势而建，位于向阳面，土阶上下交通。古人笔记说，旧时黎人民居，一栋两檐。邻近汉民处，屋檐下开有门，伐木为墙，涂上泥土，其余部分两檐垂地，两端开门。

房屋弯拱到地，一如船篷。据说起因是黎族先人当年乘木船过海而来，靠岸后，一时无处容身，将船翻过来覆盖地面以当房屋。后人追忆祖先迁徙功苦，仿船造舍，在屋顶铺叠草排，使得屋盖轮廓近乎船篷，故名船形屋。

跨过村口牙合河，独行至民居对面，屋舍云雾缭绕，俨若仙境。一路走一路看，雨洗过的芭蕉竖起扇叶，灌木丛落落大方，槟榔树怒发冲冠，怒发冲冠吗？或许心相吧。早已敞头，更无怒无冠，只期冀清净。求名求利乌泱泱，终究抵不过大地白茫茫，不妨早日清净。人生清净自恃自适，少了金碧辉煌，却得了一脉清风。清微之风，化养万物；清惠之风，同于天德。

牙合河轰然流着，静静看着，看一眼对面的船形屋。雾雨中，有两个人，一个是苏东坡，一个是原子思。孔子弟子宋人原宪，字子思，清净守节，贫而乐道。子贡问："一人贫穷而不谄媚，富贵而无骄矜，何如？"孔子说："可也。但不及贫穷安乐，富贵知礼守礼者。"

孔子死后，原宪居卫国陋巷茅屋，蓬蒿做门，破瓮为窗，粗茶淡饭，并不以为然，还有兴端坐弹琴歌唱。身居卫国上大夫的子贡身着轻裘，乘驷马高车来看望他，原宪衣冠不整，扶杖而立，一脸清苦。子贡问："嘻，先生何病？"原宪答："无财是穷，学道不能行才是病，我贫而已，非病也。"子贡一脸惭愧，讷讷而退。原宪站在门口，徐步曳杖歌咏宋人《商颂》，声满天地，若出金石。

黎人心性有原宪身影，广大如此，旷远如此，磊落如此，乐道如此。与自己握手言和，再握手言欢。黎人面容常有空相，没有无明的愚暗，没有无明的聪慧；没有苦恼的聚集，也没有欢喜的断灭；无得意，无失意，无牵挂障碍无有恐怖，远离种种颠倒梦想；于是自然，如一瓜一树一果一叶……

二〇二二年十月二十六日，五指山下

216

五指山

夜宿五指山下，一只鸡鸣，又一只鸡鸣，此起彼伏，狗跟着一阵狂吠。晚秋安静之夜，黎人已经睡去，离人兀自怀想。并无实际，怀中空空，旷如夜色，旷如白云远走的天空，空无尘埃无挂碍，于是就寝，睡进黎人之夜。

夜里有梦，有笔临纸作书，隔得远了，不知详情究竟。清晨醒来，恍惚走出不幻境，窗外青山实实在在真真切切站在那里，一时游兴大好，有了攀登意思。

芭蕉正绿，是肥绿，油润润能滴出水来。一尾细长的青蛇蜿蜒蕉叶上，懒懒散散，通体如绿水晶，与芭蕉颜色浑然一体，绿叶藏身。我辈读书藏身，文章藏身，有人杯酒藏身，茶香藏身，更甚有刀背藏身，权谋藏身，稼穑藏身……

三百六十行，行行可藏身。谋生易而藏身难，藏得住头面，藏不住心力；藏得住心力，藏不住岁月磨蚀，一寸又一寸；藏得住胸际沧桑，藏不住满脸皱纹；藏得住口舌，藏不住思绪；守心如城，谈何容易。

耳畔忽有水响幽咽，几个小步转身，一弯溪流峭丽淌过。就近俯身掬起一捧水，指缝漏下清凉，不多时，掌心空空如也，只剩一手湿润。心想五指山水从大地指缝倾泻而下，人手如山，山似人手，人在山中，山何尝不在人中，在人心中，欣欣几欲起舞。几只蝴蝶知晓我的心意，翩翩飞过，一只又一只，数过几只，又飞来几只，挠得人心痒，数不胜数。

水至清也有鱼，平缓处三五条石鲮悠游经过，大多两三寸长。虾子更小，不及一寸。鱼虾结伴滩底潭底嬉闹。山中溪水澄澈，山清水秀。秀之第一要义是澄澈。下过雨，河道高处急流直泻高飞几尺，激荡山石，一日日，一月月，一年年。石头得了山水灵性，一改憨态，瘦皱波折玲珑，变幻出奇崛美。几根藤蔓伸得太长，河水冲挡着，临空摆动，水凫藤，藤凫水。

每年盛夏，城中酷热难耐，这方土地偏偏独享清凉，更有花叶十里似锦，山风芬馥，于是男女纷拥，来此寻幽避暑。

人越走山越高，心中想见五指如峰。疾足登临，一步步上到高处，峰顶还在更上方，栈道钻入山林，忽然悟出身在此地，哪识面目。几人谈笑下山，纵步如飞，游兴大满意大贯彻矣。

同游者，湘人何哲良、楚人黄梵。

是夜再宿五指山下，晚饭毛纳村，篝火照得庭院透亮如昼，黎人歌之舞之，舀山兰酒三五勺，得三分陶然意思，兴尽而返。临别时，村民执竹火送行，胸中丰润无语。其时星火在天，朗朗有风，轻拂树叶，草丛里秋虫长鸣。正是：

秋日朗风清，长桌宴酒盈。

黎人歌伴舞，竹火映星明。

愁绪随流去，岩波踏浪行。

江山看走马，文墨记丹旌。

二〇二二年十月二十七日，五指山下

漂流记

午后，天气晴正，几人相约红峡谷。果然好去处，两峰对望，一条河顺山脚流过，河里满是石头，大的如屋舍似树冠，另有亭台大小者，还有巨瓮大小者，各类形状，呈苍灰色。两三丈宽的河，水量颇大，一人深，落差刚好。

乘皮筏轰然直下，左冲右撞，跃起落下，几起几落，水花飞溅，打得人衣衫湿透，却也陡然痛快。

水通才通财，文才好，钱财好，随意才好。人为财而死，文因才促狭，也说不定。从来富贵在天，有人终生五斗米，有人生来万亩田。而恃才如恃宠，远离大道，只是小器。

人湿漉漉才觉得近了自然。

桓温问："听伎，丝不如竹，竹不如肉，何也？"

孟嘉回："渐近自然。"

人法地，地法天，天法道，道法自然。心向往之。或许向往即刻意，反而离自然渐远。当如河中石头，与天地万物为徒，不理自然而得自然，乃至大自然。

置身静水中，同行人怀古，想必苏子当年泛舟赤壁景致亦如此。无非——

　　浩浩乎如冯虚御风，而不知其所止。

无非——

　　飘飘乎如遗世独立，羽化而登仙。

红峡谷不是赤壁，人飘荡也像一片芦叶，如行天上，浮越万顷空间。水面开阔处，与轻筏相共，悠然驶向南山，尘世一切淡忘了，锄头下禾苗稀落。

222

游人相互逗趣，皮筏从一块块石头边飘过。得闲打量石头，高高低低，密密疏疏，大大小小，杂乱无章而有序，自然序。山高石小，石高水低。石静而水流，本是一片万年孤寂的乱石，却充满生机。

　　小筏俯冲，驶入了平处，河道深流，虽顺势而下，偏偏难进寸步，需要奋力划桨才一点点前行。即便坦途天成，还要三分人力赶路。这是河上漂流的人情道世事道。

　　离舟上岸，周身水淋淋而黏糊糊。饮老姜茶一杯，心里莫名两声长啸。

二〇二二年十月二十八日，五指山下

遍地草药

　　五指山旁山多，高高低低，大大小小，大山小山植被茂密，遍地草药。有黎人通晓药性，上山采药，治病救人。

　　天地育人，令人生令人死，让人活让人病。活有五谷疗饥，病有百草治病。真假不知，古书上说，有人望见光亮，知道名剑所在；有人看见宝气，知道明珠所在。楚昭王坐船渡江，与一物相撞，那物浑圆通红，身大如斗，左右无人识得。孔子说先前到郑国时，在陈之野听童谣："楚王渡江得萍实，大如斗，赤如日，剖而食之，甜如蜜。"说那就是萍实，剖开可食，只有霸主才有缘得到。齐国朝堂飞来独角鸟，展翅而跳，众人茫然。齐侯也派使者到鲁国问孔子，才知道那鸟叫商羊。夫子说曾见儿童单脚着地跳唱："天将大雨，商羊鼓舞。"告诉使者，应当修堤造渠，以防水灾。果然天降大雨。

先贤多能，有人明辨字义，有人相马相牛，有人分辨宝物，有人擅观天象，还有人装了一肚子异境奇物、琐闻杂事、神仙方术、地理知识、人物传说。

孔子要人多识鸟兽草木。少时，生活乡野十多年，认得一些花鸟鱼虫。有论者以为俯仰之间，万物一体，鸢飞鱼跃，道无不在，熟识天地间鸟兽草木之名，可以渐跻于化境。化境不论，自从神农氏品尝草木，辨其寒温甘苦之性，从此草药作为医药，救死扶伤，多少人赖以延年益寿。古人方才赞叹一句：医者仁心。对人友善、相亲是为仁。樊迟问仁，孔子说，爱人。

随黎人上山采药，有药医胃疾，有药治寒凉，有药通经络，有药化淤血，有药是发物，有药是敛物。读过几本草药书，有一次跌打扭伤，去邻家采栀子捣碎，和蛋清面粉混合做成黏黏的饼块，敷在伤处，不过一夜，活血消肿，连敷几天，蹦跳如初。有年夏天遇恶疾，后背手臂生了疗痈，鲜艳夺目如红桃，硬块难消，疼痛难忍，取芙蓉根捣烂敷上，次日化脓消肿。

故家屋前屋后，遍地车前子、石韦、金银花、金钱草、白茅根、石菖蒲、凌霄、鸡冠花、麦冬、菊花、紫苏，他们像我的兄弟姐妹。

雨林走了半日，见到几味黎药：接骨藤、乌山草、牛大力、常山、血叶兰、益智仁、砂仁、巴戟天、四方草、桃金娘、三角枫叶。阿弥陀佛，他们救死扶伤，他们暖老温贫，他们是菩提，他们是尊者。

二〇二二年十月二十九日，黎峒

呀诺达雨林

他们说呀诺达是方言，意思为一、二、三。

入得雨林，一路徐行，一二三，入了绿境。

  绿

  绿绿

绿绿绿

大片满满的绿意，顺眼耳鼻口舌弥漫进身心灵府，胸襟鼓荡自然之气，一抬手一挥袖一回眸皆萦绕有绿，风似乎都是绿的。舍不得快步，撩开藤蔓、野草，跨过树枝，在婆娑的绿中缓缓而行。

故家乡野常见的茅草涉水渡海来到此地，格外翠绿。时令虽是霜降，秋气隐隐，仿佛被封住了。

四周春气和暖，日光晴朗有新柳浮萍的颜色，几只鸟在歌唱，细尾獴跳来跳去，一时机敏，跳高跳低，一时憨实，静卧如猫。

　　榕树、桄榔、莨葵、海芋……在湿润的空气中饱吸地脉馨香。山野铺展秀绿，高高天上屯聚着一团团白云。呀诺达，万物至此都灭其明光，只见它温润的绿而不明其他。喜欢呀诺达弥漫的绿光，宝气如神。曲折的山中小路，掩映在绿中，花草树木与水流在眼眸之间，人心随风而摇。

二〇二二年十月三十日，保亭

走七仙岭

七仙岭又名七指岭，以七个状似手指的山峰而得名，我看近乎笔搁。笔搁，搁笔之具也，放在案头，属文房雅器一类，曾入杜甫诗："笔架沾窗雨，书签映隙曛。"宋人说远峰列如笔架，山峰或陡峭，或平缓，峰峦多达十几二十个，少则三五个。

遥看七仙岭，又斯文又玲珑，像旧年用过的笔搁。那是天然生成的一方灵璧石，山岚峭拔，不独雅器，更近乎名器。七仙岭上白云掩映，石头也是白色的，光照熠熠有神。莫名觉得这座山斯文在兹，心想要登上顶去。我辈作文，来此为寻文气。有人为寻仙气，有人为寻闲气，有人为寻山气。

走七仙岭，几乎每一步都在上坡，爬过一个个陡峭处，前方更陡峭。文似看山不喜平，像七仙岭这样山峰的文章我写不出。好文章一波三折，此地三波九折，反复几次。

峻岭陡峭，上山的人弓腰弯背，大口喘气，热汗淋漓，下山的人勾起头斜着身体，一步步不敢松劲。越走越高，风越来越大，清幽有些许凉意，鼓荡衣衫，想把人吹起。登到高处，风助人意，乘风归去一般，一阵通透。

终于到得山顶，岂料还有更高处，危崖如墙壁，壁石瘦骨嶙峋，左右铁链让人攀岩而上。爬了一半，心想，人生哪有圆满，不妨留点余地，一步步又退了下来。找块石头坐下，看看落日，看看山石，晚霞正好。人到高处，离夕阳也近了，陡然有些伤感，于是下山。不多时天已黑透了，举亮穿行石阶，山中秋虫乱叫，几只蟾蜍拦路。

二〇二二年十一月一日，保亭

托南日瀑布

　　欲说黎语，字成礼遇。近来流连黎乡，常有礼遇。遇，易事；礼，太难。孔子一生重礼。

　　孔子于乡党，恂恂如也，似不能言者。其在宗庙朝廷，便便言，唯谨尔。

　　乡居时，孔子终日恭顺，似不善言辞。在宗庙和朝廷，言辞清通而谨慎。

　　朝，与下大夫言，侃侃如也；与上大夫言，訚訚如也。君在，踧踖如也，与与如也。

上朝，与下大夫言语，温和而快乐；和上大夫言语，正直而恭敬。君王在，恭敬而不安，步履安详适度。

君子不以绀緅饰，红紫不以为亵服。当暑，袗絺绤，必表而出之。缁衣羔裘，素衣麑裘，黄衣狐裘。亵裘长，短右袂。必有寝衣，长一身有半。狐貉之厚以居。去丧，无所不佩。非帷裳，必杀之。羔裘玄冠不以吊。

君子服饰不以深青透红或黑中透红的布镶边，家居便服不用红紫色。暑天，外穿布衫，粗细不论。黑衣配羊袍，白衫配鹿袍，黄衣配狐袍。居家皮袄可长，右边的袖子要短。睡时有被，长度超出半个人身。狐貉皮太厚，只能当坐垫。服丧期满，方可佩戴饰物。非上朝祭祀的礼服，也要裁剪有度。不能着羊袍、戴黑帽吊丧。

齐，必有明衣，布。齐必变食，居必迁坐。

斋戒沐浴，穿干净布衫。斋戒，不得吃鱼肉荤腥，更要换居所歇寝。

食不语，寝不言。
寝不尸，居不客。

吃饭时不说话，寝卧后不言语。睡觉不平躺如尸，居家不像接见客人或自己做客人。

席不正，不坐。

座位不正，不入席。

车中不内顾，不疾言，不亲指。

乘车，不向车厢里张望，语速放慢，不用手指物。

以礼待人，以德服人，以法治人。

以礼待人，以礼服人，以礼治人。

日常家居随意，文章不妨多礼。礼多人不怪。那日读书，书中人言，汉家多礼，称愚人曰笨伯。一笑。

他们说去大里村，一时听成了大礼。礼好，大礼更好。村里有托南日瀑布，山道以鹅卵石、瓜片石、方块石铺路，弯弯曲曲。浓荫下清凉，光照处暑热，一路炎凉自知。如此行经里许，耳畔有水声渐起，那声响越来越大，不多时瀑布赫然入眼，轰隆在焉。

托南日，意为仙女。远远看去，河水果然像仙女卧倒在那里。仙女没见过，最难忘《红楼梦》中史湘云宴饮后的醉卧：山石僻处的一个石凳子上，用鲛帕包了一包芍药花瓣枕着，香梦沉酣，四面芍药花飞了一身，头脸衣襟，红香散乱，手中扇子在地下，半被落花埋了，一群蜂蝶闹嚷嚷围着。

瀑布水量极大，如千军万马奔袭而来，溅出白色浪花。人近前，一身沁凉。

　　离别时候，隔得远些，忽然觉得瀑布像一根巨大的人参，万千年卧在山中，滋养一方黎民百姓。

　　　　　　　　　　　二〇二二年十一月二日，陵水

牛酒日

　　蓝天白云下是黎寨，村外有椰林。椰林外一大块农田，稻子收割完毕了，黄牛三五成群，悠闲地嚼着绿草，一群白鹭点缀一旁，环伺左右。人近了，牛畏生，慢慢后退避开，白鹭四散空中，惊弓之鸟一般逃向远空。

　　黎人乡野图，也古典也幽静，想起韩滉的画境，是五头牛，形象不一，姿态各异，或行或立，或俯首或昂头。或许是唐风，那些牛大多肥硕、健壮，不像黎家的牛大小不同，高矮不同，胖瘦不同，毛色不同。自然比画作还更好看，好看在自然上。巧夺天工，谈何容易，毕竟人力有限。或许近来古画

236

看得多了，更向往风吹草木。纸本布本水墨丹青，看得见模样形状，闻不见瓜果飘香。

见过风俗画，《琼黎风俗图》《琼黎一览图》，画上常有牛的身影，械斗、踩田、运输……往昔风俗，黎族以牛之多寡计算贫富，无牛者贫，有牛人殷。豪奢富户，养数十头乃至数百头牛，黎人尊称他大家当。

琼黎风俗与故家不同，也与中原、齐鲁、吴楚等地不同。《踩田图》中不见惯有的铁犁，三只踩田的牛和一名正在播种的黎人，更有题跋道：

> 黎中播种，以得雨为候，雨足则纵牛群踏，俟其水土交融即布种粒……

《琼黎一览图》中踩田的牛多了，人也多了，或许黎家水田泥土细腻，不必使用犁、耙、秧铲。也有黎人铁犁牛耕，不用踩田。踩田也好，犁田也罢，非牛力不可为也。从前黎族人远行，还将牛当坐骑。

唐人《岭表录异》说琼州不产马，人出远门大多骑黄牛。顽童时，我也骑过牛。牛步履悠游，不能疾速，安步当车而已。

黎族以牛为重，牛被当作聘礼以安定乾坤，乃求百年好合。想象黎家男子，牵一头牛或者几头牛，身后几人背米酒、槟榔、贝壳之类，走在村路上，戴草帽的农人挥锄劳作的身影倒映水里，风景与光照添了喜气多了吉祥。

黎村习俗每年三月或七月或十月，选一天为"牛酒日"，村民聚集一起，举行招福仪式。男女老少云集亩头家里，跳招福舞、黎家乐，敲锣打鼓，通宵达旦。亩头者，主事播种、插秧、放牛上山、尝新和收割等仪式的人。该职为兄长传弟、父子承袭。

牛酒日这天，人喂牛喝酒，以示祝愿，并且修整牛栏。

在乐东，见一幅黑色剪纸，图说牛酒日事：

有人牵牛，有人灌酒，有人挑担，有人跳舞，众生欢喜。有人醉了，有牛醉了。

据说牛酒日后，有牛大醉卧倒安睡了一天一夜。

　　牛耕地犁田，劳苦一年，黎民之心藏着关怀藏着大爱，与牛共舞，与牛共醉。人生难得几回醉，牛的一生更怕醉不了几回。

二〇二二年十一月三日，乐东

树犹如此

　　到底是南国，天气忽然热了，前几天稀薄的秋凉，几个起身，消失得无影无踪，感觉初夏天气。或许因为环境湿润，或许因为天气微凉，尖峰岭上的芒草花穗才抽出一半。和光同尘，和光同净，洁净，山中的水是洁净的，阳光洒下，树林光线浮沉，光也洁净，是绿光，打在眼眸，忽明忽暗。

　　山中多树，和人一样，一棵树有一棵树的性情。

　　桫椤，隶属蕨类，冰川前期植物，又称树蕨。友人指着坡下一棵桫椤说，当年恐龙吃过它叶子。

　　桫椤像一柄伞，生来空心，古人用它制作笔筒。或许因为虚其心而延其寿。《庄子》杂篇录孔子问道渔夫事，再拜而起曰："丘少而脩学，以至于今，六十九岁矣，无所得闻至教，敢不虚心！"老夫子尚且如此，我辈敢不虚心？能不虚心？王安石说诸葛亮，不是虚心岂得贤。

通天树，其树本名盘壳栎，躯干高大，冲天而起，故得名通天。树有十几层楼高，胸径近丈，树龄已达千年，仍枝繁叶茂。烈士暮年，壮心不已，无非如此，如此生机勃勃。树心空洞，贯通树顶，藏身进去，抬头可见拳头大小一片蓝天。晴天里，阳光斑斓，忽明忽暗，像直达天庭的神秘通道。

盘壳栎寿命长而生长慢，人生不必求快。急于求成，怕是难成，成也不成，自然天成，方有大成。

有榕树依附在别的大树上，生出网状根须将其紧紧包围，是为绞杀树。那树根须向下，伸入地底，一天天变得粗大，从此一日日一年年抱紧不去，多则百来年，少则几十年，将依附的大树逐渐绞杀至死。一棵树仿佛人身，人身两肩担一口，名利太多，缰锁太多，迷失本性，害了本性。

山中多灌木，与榕树相比，矮小微不足道，但它们终年常青。台风过来，倒下的总是大树，灌木安好无事。偶有大树倒下，砸倒一片灌木，不出几年，受伤的小树又能复活。

灌木安分守己，不惹是非。《儿女英雄传》中安老爷见众强盗不同寻常，良心不死！整整衣冠，款款出来，站在台阶上，笑容可掬地把手一拱，说道："孽海茫茫，回头是岸；放下屠刀，立地成佛……各人立定脚跟，安分守己，作一个清白良民，上天自然加护……大家便卖了战马买头牛儿，丢下兵器拿把锄儿，学那古人'卖刀买犊'的故事，岂不是绿林中一段佳话？况且，天地生材必有用处，看你众位身材凛凛，相貌堂堂，倘然日后遇着边疆有事，去一刀一枪，也好给父母博个封赠。"众人听一句应一句，听到这里，一齐磕下头去。作书人感慨众生好度人难度，到底是度人的没本领。

尖峰岭中树木繁多，不知道天下熙熙皆为利来，也不知道天下攘攘皆为利往。不材之木，也能成材；

无用的人，亦可致用。庄子朋友惠子有棵樗树，树干木瘤盘结，不合于绳墨；枝干弯曲波折，不合于规矩。生在道路边，木匠视而不见。树虽大却是不材之木。庄子以为这样的树是吉祥树，生在无何有之乡，生在广漠无边的旷野，可以在树下悠闲徘徊，更能逍遥自在安寝躺卧。无所可用，却也无所可伤，远离了刀劈，远离了斧削。

走过尖峰岭，惠子的大樗遍生山岗。走着走着，我也变成了树，是黄杨，满身阳光雨露味道，满身泥土山林味道，满身日月星辰味道……

一只斑鸠在头顶上鸣叫。先是一声，跟着两三声，引得众鸟相和，或悠长或急促，此起彼伏。这是南国的鸟，雨林的鸟，一时不禁有些乡愁。山气越发清幽，人声轻下来，脚步也慢了。青苔无言，一只虫子跳起，隐入草丛。

二〇二二年十一月四日，乐东

海盐记

　　小说上演义的故事，曹操入宫，见一人眉清目秀，精神充足，暗想东都大荒，官僚军民皆有饥色，此人何得独肥？因问："公尊颜充腴，以何调理而至此？"对曰："某无他法，只食淡三十年矣。"话虽如此，人却离不开咸。

　　吃了一辈子盐，就想看看它的出处。午后的天，晴空万里，有些昏然欲睡，好像食淡太久的人一样。旧年乡下贫家，买不起盐吃，人像得了重病一样无精打采，软弱无力，三尺男儿，手无缚鸡之力。

　　古人说天有五气，臊气、焦气、香气、腥气、腐气；食有五味，酸、甜、苦、辣、咸，咸居末尾，而它却是百味之王。五味中酸、甜、苦、辣，人或可缺之，盐却一日日少不得。

《周礼》谓天官所属有盐人，慎重如此，隆重如此。臣、人、卤、皿四字组合而成"鹽"：臣，监管之吏，人为煮盐者，卤乃煮盐原料，皿是煮盐锅釜。古人制盐工艺是煮、煎，所以叫"煮海为盐"。煮海实则晒海，引入海水在池子里，经过日晒、蒸发形成卤水，渐渐结晶成盐。这是先民最朴素的取盐法。

去莺歌海盐场，心情艳阳高照。莺歌海为天然盐场，一望无垠。阳光下，盐田剔透如水晶如冰糖，银光闪闪。站在盐田埂上，盐田拼接，一块又一块。忍不住染指一尝，淡淡的咸味，又干净又清爽，还有一丝回甘。与日常吃过的井盐、池盐、土盐口感略略不同。

莺歌海盐场取盐，极繁琐，海水入池后费时二十九天，流经二十九滩，走二十三公里，方才得出精盐，而老盐费时更久。郭沫若有诗道得好：

盐田万顷莺歌海，四季常春极乐园。

　　驱遣阳光充炭火，烧干海水变银山。

我心里也不禁有诗意流动：

本是莺歌海上花，冰肌玉骨若云纱。

调和千万厨中味，如月迢迢百姓家。

二○二二年十一月五日，东方

霸王岭下箭毒木

箭毒木，属于常绿大乔木一类，汁液含有剧毒，触人畜伤口，即可使其麻痹，血管封闭，血液凝固，然后窒息死亡，古人遂称它"见血封喉"。当年黎族人用它涂抹箭头，射杀野兽。旧小说不少见血封喉故事，李汝珍《镜花缘》一回说：

有只斑毛老虎蹿了出来，如山崩地裂一般，吼了一声，张开血盆大口。山坡旁隐隐约约擤出一箭，直向那物面上射去。老虎中箭，大吼一声，将身纵起，离地数丈随即落下，四脚朝天。眼中插着一箭，竟自不动。多九公喝彩道："真好神箭，果然见血封喉。"唐敖道："此话怎讲？"多九公道："此箭乃猎户放的药箭，系用毒草所制。凡猛兽著了此箭，任他凶勇，登时血脉凝结，气嗓紧闭，所以叫'见血封喉'。但虎皮甚厚，箭最难入，这人把箭从虎目射入，因此药性行得更快。"

书上毒箭用毒草所制，据说有草乌膏者，与箭毒木仿佛，喂涂箭镞名射罔，人若中之，见血封喉而死。从霸王岭下箭毒木边走过，少年书事纷纷拥拥像蝴蝶一般乱飞，飘到心头。

霸王岭多巨石，箭毒木左右有高山榕树生根在巨石上，巨石三道裂缝，仿佛三块石头垒在一起，享美名"三元及第"。科举乡试第一为解元，会试居首乃会元，殿试拔头筹者乃状元，合称三元。乡试、会试、殿试皆榜首者，称三元及第，又称连中三元。

二〇二二年十一月六日，昌江

一轮明月照海上

日之夕矣，海水涨潮。蓝色波涌在水面缓缓起伏，一步步离人近了高了，激起浪花，先如雪狮咆哮，龙腾虎跃，近些像白鹅喧闹，不争先后，卷着海沙，冲向岸边，漫过沙滩，终于力气散尽，散架一般退回聚合，周而复始，没有尽头。

今日立冬，明天是二〇二二年农历十月十五。暮色越来越浓，风大了，月亮升起，几近浑圆，先是朦胧一团光斑，慢慢清晰透明，又闪进一片云里，忽然云朵洞开一缝，月光便春风雨露般洒下海面，波光映着月色。

月使人忧使人愁，海让人悲让人苦。海风吹久了，唇角亦生苦味。

沙滩三五人看海望月。人看月之美看海之大，月与海看人什么呢？一轮明月照在海上，四周是碧澄澄清朗朗的天，月色和大海同孤寂同永恒。这是昌江的海，海上生明月，照尽苦厄，照尽灾祸，愿四时吉祥。

二○二二年十一月七日，昌江

黎陶八记

最初的文明之光，有陶器身影。先民刀耕火种岁月，早早知道陶器必良。那些粗疏的陶器，成为须臾不离的日用之什，舀水，盛饭，装物……想象旧时光，一尊尊朴素的陶器，挂在女人光柔的腰身上，捧在男人粗糙的手掌中，几千年，上万年。泥墙草屋或者洞穴树梢的人，住河边，海边，山边，城边，他们得闲，挖土玩泥，捏塑成型，烧制后，变成陶器。

肤色不同，族类不同，陶器近似。汉人如此，黎人也如此。黎家风俗，其中有仁，制陶之技，传女不传男，因而有女制陶男勿进习俗，更严防外人或男人偷学。女子体弱，得一技防身藏身，多些安妥。

制陶工具简单，木杵、木拍、木刮及竹刀、蚌壳、钻孔竹棍、竹垫之类。程序有八章：

择泥

陶泥得黏性好，高岭土为上。将土打碎、晾晒，增其韧性。泥干后放入臼中，以木杵击打粉碎。

和泥

倒水入泥，搅拌揉和，木杵反复槌打，静置阴干。

制底

陶泥擀面一般铺成薄饼状，放入倒扣的竹筛，以竹刀在陶饼上画圈作底。

盘筑

搓泥成条，沿陶底自下而上，一条条盘筑成型。

修整

用木板修整器皿，沾水捏牢沿边，刮去泥条接缝，抹平内外陶壁。

晾干

陶泥放阴凉处十天半月，晾干。

烧制

地上堆放石头，再一层一层搭木柴架。将陶坯倒扣柴堆，盖上干稻草，放一烧好的陶器作引子。点火前，年长的制陶妇人绕陶堆唱《赶鬼歌》祈愿。众陶人尾随其后，边歌边舞，一遍遍说道，此地今日烈火烧陶，各方神灵护佑功高；妖魔鬼怪快快走开，不要在这里作祟使坏，损我陶器分毫。

淬火

柴火渐渐熄灭，陶器烧至通红，用木棍挑出，洒上华楹树皮浸泡出的红色汁水淬火降温。树皮水渍星星点点，在陶身化作永不消失的斑斑纹饰。

黎家陶器多为碗、钵、盆、盘、罐、蒸酒器、蒸饭器、缸等日用品，可自用，也能以物易物。

黎陶连接生死。黎人出生时，家中长辈会制作陶罐，放在婴儿床头下；百年之后，陶罐则会代替墓碑，陪伴长眠。

二〇二二年十一月八日，白沙

一只汉罐

想起那只陶罐。

陵水，老街，各色店铺，人流不断。小楼密密匝匝落在老街上，琼山会馆也在。一百年前的旧房子，阳光照过，一切都是新的。身着长袍马褂的商贾走远不久，屋内好像还残留着烟火和茶水混杂椰汁的气息。身佩刀枪的几个青年也刚出门，喧哗的人声兀自回响在屋子里。童子军笔记本上有毛笔字，言语见大道：

　　快乐心常愉快，时露笑容，无论遇何困难，均应处之泰然。

勤俭好学力行，刻苦耐劳，不浪费时间，不妄用金钱。

　　勇敢义所当为，毅然为之，不为利诱，不为威屈，成败在所不计。

　　整洁身体、服装、住所、用具须整齐清洁，言语须谨慎，心地须光明。

　　计字最后一竖径直而下，贯通纸页，长达三寸。可见当时心气勃勃，心潮澎湃。

　　馆内侧房蹲着一只汉朝水波纹四耳陶罐，高仅尺许，出土于英州军屯坡。去过英州镇，想象陶罐当日打水灌溉，接过又倒出，然后随主人一同埋进地下两千年。人无出土日，物有再见时，如今只静静活在世间。

　　陶罐阔口、阔肩、鼓腹、平底、短颈，颈部两对陶耳，器身刻水波纹，线条流畅、灵动、自然。画面像古朴灵动上古的河水，又仿佛水潭被河水击起的层层涟漪，波光粼粼，一波又一波。

陶罐为泥质，胎体厚重，器型浑圆饱满，上古岛民衣食住行的曙光闪烁。多少人在历史长河急流中湮没无闻，曾经的曙光乘风破浪一往无前，生生不息。生命始于水，管子认为水是万物本原，诸生宗室。水性善，老子说上善若水，水善利万物而不争。不争是大境界，我偶尔还有争辩心、求胜心、得失心，性情尚需磨砺，好生修行啊。

二○二二年十一月九日，白沙

过鹦哥岭

山似鹦鹉嘴，故名鹦哥岭。鹦鹉学舌，人云亦云，如此也好，有好学之心就好，那是生机。近年好学之心淡了，好吃懒做心倒是浓了。

乡俗鄙薄好吃懒做的人，祖母容不得儿女贪睡懒散，一脸凶狠怒骂好吃懒做。

《红楼梦》中葫芦庙失火，殃及甄士隐家烧得一干二净。年景不好，只得变卖家产，投奔岳父。甄士隐不惯生理稼穑等事，勉强支持一两年，越觉穷了下去。岳父每见面时，说些现成话，人前人后怨他们不善过活，只一味好吃懒做等语。投人不着，甄士隐心中未免悔恨，再兼上年惊唬，急忿怨痛，已有积伤，暮年之人，贫病交攻，渐渐露出下世的光景来。也是一叹。

鹦哥岭也是热带雨林，也正好在生机上，生机勃勃，生意满满，更有无限欣欣，其中藏着神秘。站在台阶高处，四处张望，看看远处，空山无人，看看来路，空山无人。真是空山吗？空山不空，满满是草是树是藤是蔓。

上得高了，天气大热，索性脱去衣服，袒腹而行。与自然隔膜太久，有半日袒腹也好。他人见我袒腹，也纷纷脱去衣服，几个人结伴袒腹同游。山色未必佳美，心情毕竟自在，不如意事常八九，自在就好。

时令已深秋，虽处南国，那些茅草也不禁生了秋意，茎叶枯萎成苍黄色。四季常青地，几度秋凉来。四季是天道，或隐或显，从不缺席。庄子说，春天阳气勃发百草生长，秋天百果成熟，皆自然运行之理。

人力无限，心力无边，也到重天道的年纪了。越来越相信天道无私，相信天道轮回。《易经》言语凿凿作铮铮金石音："天道下济而光明，地道卑而上行。天道亏盈而益谦，地道变盈而流谦，鬼神害盈而福谦，人道恶盈而好谦。谦尊而光，卑而不可逾，君子之终也。"《易经》还说，谦，亨，君子有终。人生所求不过死于安乐，生于忧患，不足为患。

二〇二二年十一月十日，海口

黎锦记

　　像春节的桃符，像出嫁的双囍，像木刻的年画，黎明的梦，黎民的梦。黎明的梦是鱼肚白，不能酣睡，日出而作，翻土播种收割灌溉捕鱼打猎。黎民的梦是柿子红，锣鼓喧天，喜气盈盈。

　　汉桓帝、灵帝时，山东人刘熙著《释名》书说："锦，金也。作之用功重，其价如金。故其制字，从帛与金也。"汉朝时，锦即贵重的丝织品。

　　大概锦绣华美不似人间凡品，古人把它当作天外来物。东晋王嘉作《拾遗记》说，员峤上有冰蚕，冷霜覆之，然后成茧，有五彩颜色，后代效仿，染五色丝，织以为锦。员峤为海外仙山，在渤海的东面，不知几亿万里。

蜀锦、库锦、云锦、宋锦、壮锦、黎锦……地域不同，对锦绣的向往相同。蜀锦也好，库锦也好，云锦也好，宋锦也好，壮锦也好，黎锦也好，都有鲜花铺地之感，地域不同，锦绣相似。

黎锦里有人形纹、动物纹、植物纹、几何纹、日常器具纹……有婚礼图、舞蹈图、百人图、丰收图、欢喜图、人丁兴旺图、放牧图、吉祥平安图等。图中是龙凤、黄猄、水牛、水鹿、鱼虾、青蛙、乌鸦、鸽子、蜜蜂、蝴蝶；木棉花、泥嫩花、龙骨花、竹叶花、藤、树木、青草；直线、平行线、方形、菱形、三角形；煮饭、玩球、纺织、农耕、扁担、禾叉；日月、星辰、雷电、水火；喜字、福字、禄字、寿字……点豆播种、鸟语花香、鸡鸣犬吠像是只在昨天，化作丝线，被一双双巧手编织成锦，凝成壁画凝成窗帘凝成风花雪月。

一看黎锦就喜欢了，不独黎民喜欢，汉人也喜欢。

张仃当年与众客见毕加索，有人让带一只玉雕香炉为礼品，张仃觉得匠气，带了两张门神。玉雕香炉递向毕加索，人家神情冷淡，让管家拿走了。张仃送上门神，毕加索满脸惊讶，立马热情起来。毕加索见了黎锦，也一定会欢喜。

鲜明华丽为锦。黎锦不独鲜明华丽，更有铅华洗尽，素面朝天，有不愠不火的率真，有咄咄逼人的内敛。

绝妙好辞谓之锦绣，所谓锦绣文章。旧年喜欢锦绣文章、珠玉文章、金石文章、庙堂文章、风雅文章；如今喜欢布衣文章、白菜文章、土木文章、江湖文章、泥土文章。

郁郁乎文哉，腥腥之地气也。

二〇二二年十一月十一日，海口

《南游记》后记

车前子

竹峰约我给《南游记》写序，读《南游记》开篇《游记》，觉得是他自序。我不如写个后记。

后记或许比序好写，压力较小。序仿佛拍肖像照，音容笑貌精气神，讲究，挑剔；后记拍人背影，"是谁啊"，都无关系。

我和竹峰还是有关系的，况且关系不错。他年少时候，我们就认识了，记得有次他邀我写幅毛笔字，我看字数太多，像抄《心经》，阿弥陀佛，于是擅自压缩成《三字经》，三个字："身子骨。"

身子骨，身子古，现在看来如预测：对竹峰文风——身子是当下的，骨在古代的预测。

没有穿来插去，一下写到竹峰文风，这个后记看来已被我写僵。

《南游记》这本散文集，所写皆为海南风物，一位作家给一个地方特意、专门写本书，此地幸事。当年钟惺评论杜甫在夔门，说是天增夔门一段奇。后来我在白帝城默念《秋兴八首》，认为山水于文字前毫不逊色，只是大惊失色。

我从未去过海南，平日闲聊，说起从未去过海南，也没什么遗憾和好遗憾的，偶忆"问汝平生功业，黄州惠州儋州"之句，才叹口气。李商隐有诗题为《天涯》，"莺啼如有泪，为湿最高花"，而无泪，无相，亦不见（呕）心（沥）血，行文如溢，溢处一片神迹，则是苏东坡。小品中的苏东坡眉目似乎晚明人物，就像杜甫遣词造句先到了宋代，他们是提前，竹峰是后撤，后撤到晚明或唐宋，衣带飘飘，举重若轻。

印象里晚明作家爱写游记，游记不好写，实处务虚，虚处务实，似乎有个神秘配比，王季重浓油赤酱，袁中郎轻描淡写。后撤的竹峰，在浓油赤酱与轻描淡写之间，《南游记》这本散文集，置放当初，亦是佳作。我此时用后世眼光阅读，"忽然跨海去，譬如事远游"。霎时，我过的并非万水千山，而是百年十载。竹峰文章，都有岁月悠悠之感。

看景不如听景，这个听，也就是读，读游记也。

游记难写，要满足读者好奇心，我前几天正读明清人游记，能满足我好奇心的，就王季重一人。江山如画，关键看你怎么画；风景似诗，要紧看你怎么写。

竹峰的游记，以新对古，他比不少古人写得好。这不重要，重要的是吊诡之事出现，读了胡竹峰游记，我都不想去那里旅行，为什么？虽说江山大美，其实是文字大美，真去那里，未必如此。

好的游记不是让人想着到此一游，而是叹为观止后的梦游与神游。

古人好游，平生壮观，而车马不便，多的是卧游、神游与梦游。卧游、神游与梦游，在我看来，下手容易——虚构总是略少羁绊。而到此一游，又付诸笔墨，难度不小。这里暂且做个裹结，我准备从《南游记》里引文了。

英州的地名我很喜欢，有种神采奕奕的感觉，像岛上天气。说是天气，其实也与地脉有关。和北方相比，南方总有些意气风发、眉目俊秀，是雉尾生、巾生，是刀马旦、花旦，北方则是大青衣、花脸、老生。

南北一台戏，读游记也是听戏记，听出个门道，也需三更灯火，五更鸡鸣。阅读的难度，甚至超过写作的难度，尊重难度，才有品质。我听戏十年，大致知道好了，但不知道怎么叫好，叫好也是要有才华的，还有勇气。

天气晴好，去落笔洞。

这个开头，扑面而来，像走进博物馆，突然看见一幅绢本，是浅绛山水，不是青绿山水；是写意画，不是工笔画。既然遇到这个开头，我的后记是不是可以结束？忍不住拖条尾巴：

竹峰是越写越好了。

天气晴好，《南游记》后记结束。"阳光如瀑，艳阳高照"，"桌子上还剩下半块瓜，忍不住又拿了一瓣，边走边吃，一口口岛上阳光的味道"，果真，我是吃瓜的。

二〇二三年三月八日傍晚，苏州，困兽犹斗室